놀러오세요, 저승길로

놀러오세요, 저승길로

배명은 지음
초판 1쇄 발행일 2025년 7월 15일
펴낸이 이숙진 **펴낸곳** (주)크레용하우스 **출판등록** 제1998-000024호
주소 서울 광진구 천호대로 709-9 **전화** (02)3436-1711 **팩스** (02)3436-1410
인스타그램 @bizn_books **이메일** crayon@crayonhouse.co.kr

* 빚은책들은 재미와 가치가 공존하는 ㈜크레용하우스의 도서 브랜드입니다.
* KC마크는 이 제품이 공통안전기준에 적합하였음을 의미합니다.

ISBN 979-11-7121-187-6 04810

놀러오세요, 저승길로

배명은 장편소설

빚은 책들

※ 이 소설은 픽션이며 등장하는 인물, 사건, 배경은 실제와 어떠한 관련도 없습니다.
  혹여 같더라도 우연의 일치입니다.

차례

프롤로그 … 7

제1장
카페 산티아고 데 콤포스텔라 … 11

제2장
성희 … 103

제3장
지하 횟집 … 153

제4장
미소 헤어살롱 … 211

작가의 말 … 254

프롤로그

나는 지금 죽은 자들의 길을 헤매고 있다.

처음엔 거미줄같이 뻗어나가는 길을 보고 수원에 이런 곳이 있는가 싶었다. 그렇게 미로 같은 길이 금방 끝나리라 여기면서 아무렇지 않게 발을 내디뎠는데…….

이곳은 분명 저승길이지만, 나는 죽지 않았다.

저승길이라는 것도 얼마 전에야 들었다. 단순한 호기심에 따라나선 것뿐 이런 곳인 줄 알았다면 절대! 담을 넘지는 않았으리라.

눈물이 마른 눈가를 훔치며 눈앞에 이어진 골목길을 나아간다. 해 지는, 아니 해가 뜨는 건가? 오래도록 뛰어다녀 시간 감각도 무뎌졌다. 추운지 아니면 더운지도 모르겠다. 분명 초여름의 계절에서 왔지만, 신록은 보이지 않고 오로지 보이는 건 벽돌과 콘크리트로 된 담과 벽, 그리고 기이한 가게들.

'알 게 뭐야?'

불쑥 튀어나온 생각에 입술을 삐죽인다.

'그만큼 헤맸으니 이번엔 제발!'

조급해진 발걸음이 골목 끝을 향하면 목적한 길이 아닌 또 다른 골목이 나타났다.

신경질이 났다. 이 모든 게 영문도 모른 채 상인회 회의에 참여해서 벌어진 일이다. 이해할 수 없는 안건과 토론 그리고 결정 나지 않는 논쟁들. 이곳에 가게를 낸 지 얼마 되지도 않은 것이 오가는 말들에 눈만 끔벅거리기에 얕잡아 본 걸까?

높다란 담벼락을 지나자 건물이 나왔다. 하늘은 여전히 붉었고 그 빛이 비추는 제각각 높이의 건물은 음산한 분위기를 풍겼다. 기이하게도 모든 건물의 입구는 보이지 않았다. 골목엔 창문만 보이는 건물 뒤쪽이 나란히 섰다. 에어컨 실외기나 리어카, 자전거 등 잡다한 물건들이 있어서 골목의 폭은 전보다 좁아진 것 같았다. 빛도 채 들지 않아 군데군데 어둠이 자리한 골목을 지나는 것만으로 압박감이 들었다.

그러다 문득 걸음을 멈췄다. 이대로 끝없이 이어지는 골목을 빠져나가지 못할지도 모른다는 생각이 뒤늦게 들었다. 뻔어나가는 길을 한참이나 나아갔는데도 빠져나가지 못했다면 이제 길이 아닌 곳을 갈 차례가 아닐까.

고개를 돌려 건물과 건물 사이를 봤다. 비좁은 어둠 속을.

저 너머의 가슴께 높이의 담을 넘는다면 어쩌면.

그 공간은 몸 하나 겨우 지나갈 수 있는 정도였다. 안에 고인 어둠은 문제가 되지 않았다. 반대편에서 비치는 붉은 노을이 그렇게 찾아 헤매던 현실 세상일지도 몰랐다. 처음 넘었던 담 너머는 저승길이었으니까.

들어갈수록 두 팔이 양 벽에 쓸렸다. 몸을 모로 돌려서 게걸음으로 걸었다. 조금만 더 가면 담에 손을 뻗을 수 있을 것 같았다. 점점 좁아져 숨 쉬는 것조차 버거웠다. 이대로 벽 사이에 끼어서 평생 움직일 수 없을지도 모른다는 무서운 생각도 들었다. 그때 바닥에 뭔가가 채였다. 깡, 데구루루. 고개를 숙여도 어두운 발밑이 보이지 않았다. 그저 누군가가 버린 깡통이리라. 다시 걸음을 옮기려는데 담 건너편에서 불쑥 머리 하나가 튀어나왔다. 너무 깜짝 놀라 비명도 나오지 않았다. 내내 헤매던 길에서 마주쳤던 것들을 생각하면 저것도 그리 좋은 게 아니라는 섬뜩한 생각이 들었다.

역광을 받는 머리통이 이리저리 고개를 움직인다. 가느다란 윤곽의 턱선과 부릅뜬 두 눈이 설핏 드러났다. 귀신인지 사람인지 잘 모르겠다. 저쪽도 몸을 앞뒤로 움직이며 이쪽을 보려고 애쓰는 것이 나의 존재를 가늠하는 모습이었다. 하지만 고민은 그리 길지 않아 보였다. 그것이 담 위로 상체를 끌어올렸다. 이쪽으로 넘어오려는 모양이었다. 나는 뒤를 힐끗 봤다.

'도망쳐!'

속으로 외쳤지만 두려움에 발이 움직이지 않았다. 그것이 나뭇가지 같은 손을 쭉 뻗었다.

제1장

카페 산티아고 데 콤포스텔라

인생은 계획만 잘 세우면 잘 살 줄 알았다. 굴곡은 있을지언정, 그렇다고 너무 심하게는 아닌, 조금 휘어진 길을 걷는 거라고 여겼다. 후회하는 삶을 살지 않고자 수많은 선택을 스스로 했고 성실하게 살았다. 그러나 인생이 어디 내 맘대로 되는가? 퇴근길의 지옥철에서 앞사람 뒤통수를 보며 깨달았다. 까마득한 학생 시절, OMR 카드에 표시한 정답이 한 줄씩 밀린 걸 이제야 알아챈 것처럼 무언가가 잘못되었다고. 딱히 어떻다 설명할 수 없는 그런 우울감에 내내 괴로웠다. 밥을 먹을 수가 없었고, 잠을 잘 수 없었다. 담당 작가님의 글을 보면 글씨들이 꼬부라져 온통 알아볼 수도 없었다. 글씨가 틀리면 지우고 다시 쓰듯이 삶도 수정해야 하지 않을까. 더 늦기 전에 말이다. 그래서 급히 퇴사를 결정했다.

|||||

 오전 8시, 핸드폰 알람이 울렸다. 반쯤 가린 커튼 너머로 아침 햇살이 비쳐 들었다. 부유하던 먼지가 가구에 씌운 비닐 위로 내려앉았다. 한쪽에 묶어 쌓아둔 책들 위에도, 전날 나무 마루를 벗겨내 드러난 돌바닥에도, 어질러진 공구들 옆 애벌레 같은 침낭에도.

 알람은 끈질겼다. 잠깐 멈추는가 싶더니 다시금 울려댔다. 진동에 바닥의 돌가루들이 파르르 떨렸다. 침낭 속에서 손이 불쑥 나왔다. 창백하고 길쭉한 팔이 바닥을 휘저었다. 곧 손에 핸드폰이 닿자 알람이 꺼졌다. 그 상태 그대로 잠시 모든 게 멎은 듯했다. 오로지 움직이는 것은 일렁이는 먼지뿐. 콜록콜록. 순간 침낭 안에서 기침 소리가 터져 나왔다.

 여운영은 두 팔을 허우적거리며 머리 꼭대기까지 덮은 침낭에서 솟아올랐다. 제멋대로 얼굴을 뒤덮은 긴 머리카락을 걷어 올리자 그제야 상쾌한 공기를 맡을 수 있었다. 운영은 잘 떠지지 않는 눈꺼풀을 들어 밖을 바라봤다. 벌써 아침이라니, 자정 즈음에 누워 눈을 감았고 눈을 떠보니 지금이다. 역시 사람은 몸을 움직여야 하는가. 그런 생각을 하며 상체를 일으켰다. 꽥 하고 비명이 절로 나왔다. 전날 마룻바닥을 뜯어내는 공사를 한 탓에 몸이 천근만근에 온통 쑤셔댔다.

한 달 전까지 앉아서 하는 일을 십수 년간 했으니 몸으로 하는 노동이 그사이에 익숙해질 리가.

운영은 엉금엉금 기어 침낭에서 빠져나와 옆에 대충 벗어 둔 운동화를 구겨 신고 부엌으로 향했다. 그리고 비닐을 뒤집어쓴 아일랜드 식탁 뒤로 들어갔다. 벽에 붙은 네온 조명의 글귀가 깜박였다.

'산티아고 데 콤포스텔라.'

여운영이 퇴사한다고 선언했을 때 엄마는 그런 중대한 결정을 자기를 빼놓고 한 사실에 화를 냈다. 새삼스러울 것도 없었다.

어릴 때 운영은 엄마가 정한 대로 순응하며 살았다. 초중고는 기본에 엄마들 사이에서 좋다는 여러 학원을 전전했다. 조금이라도 싫다고 하면 엄마는 이유를 물었다. '왜?' 그러면 운영은 그에 대해 항변했다. 엄마는 그 말을 부정했다. 오로지 엄마만 옳은 답을 알고 있다는 듯 전혀 운영의 말을 이해하려고도 하지 않았다.

삶은 누가 정하는 걸까? 고등학교 때, 그러니까 어느 정도 머리가 커졌을 때, 자신의 삶은 스스로 정하는 것이라는 생각에 도달했다. 아마 그때부터 반항기였던 것 같다. 엄마가 이해하든 말든 운영은 자신의 생각을 고집했다.

이과 대신 문과를 선택했고, 장래에 글을 쓰겠다며 국문학

과를 지망했고, 사양 직종을 굳이 다녀야 하냐는 비아냥거림을 들으며 모 출판사에 입사했다.

언제나처럼 운영은 가만히 읊조렸다.

"그렇게 됐어."

어깨를 으쓱이며 이유 따윈 없다는 듯이 굴었다. 폭력과 협박, 회유에도 입을 다물었다. 어찌나 편하던지.

수학이 싫어서 문과를 택했고, 어릴 적부터 공상하는 걸 좋아했으니 작가로 살면 좋을 것 같았고, 누군가에게 텍스트로 내 생각을 전하는 건 꽤 부끄러운 일이었기에 용기가 나지 않아 그와 관련된 편집자 일을 하고 싶었다고 한다면 엄마는 과연 이해해 주었을까.

"내가 나 좋자고 이래? 다 널 위해서, 네 인생 편하게 해주려고 이러는 거지! 네가 고집부려서 간 출판산데 뭐가 맘에 안 든다고 그만둬, 그만두길!"

그렇게 반대하던 출판사 일을 관둔 건데도 엄마는 화를 냈다. 언제나 그렇듯 운영의 의견에 반대하고 화부터 냈다. 그래서 말하기 싫은 건데. 만약 엄마가 선택한 인생이었으면 더 좋았을까? 어쩌면 그랬을지도 모른다고 생각하니 비참한 마음이 들었다. 그 속내를 들킬까 봐 운영은 더욱 입을 다물었다.

"그래서 앞으로 어떻게 할 건데? 뭐? 어디에 뭘 차려? 카페? 그것도 돌아가신 할머니 집에서? 그 낡아빠진 집에서 뭐를 한다고? 왜? 대체 왜?"

울컥. 갑자기 속에서 무언가가 치받았다.

"왜라고 묻는 거 좀 그만해주면 안 돼? 나도 지금 너무 혼란스러워. 옳다고 생각했던 인생이 송두리째 흔들리고 있다고. 이런 내가 정답을 알 리가 없잖아!"

수십 년을 잘 참았다고 생각했는데, 기어이 저질러버리고 망쳐버렸다.

|||||

2년 전 돌아가신 할머니의 집은 수원시 행궁동에 위치했다. 엄마가 빈정대던 대로 이층집은 1970년에 돌아가신 할아버지가 손수 지으신 집이었으니 오래되긴 했다. 엄마한테는 비밀이지만, 운영은 퇴사하기 전 엄마보다 먼저 아빠에게 퇴사 소식을 전했다. 엄마와 아빠의 온도는 차이가 있었다. 엄마가 매번 운영의 선택을 의심했다면 아빠는 그 선택을 오롯이 받아들였다.

그날도 집 근처 곱창집에서 만난 아빠는 아무 말 없이 앞에 놓인 소주잔을 들었다. 단숨에 술을 마시고는 가만히 고개를 끄떡이며 노랗게 익은 대창을 운영의 앞접시에 놓았다.

"배고프지? 얼른 먹어라."

아빠는 별다른 말을 하지 않았다. 그 어떤 이유도 묻지 않았다. 그저 고기를 잔뜩 구워 내 앞에 수북이 쌓아놓았다. 그리고 다음 날, 할머니 집의 등기필증을 보여줬다.

"할머니가 네게 남긴 집이야. 언제고 네가 필요할 때 주려고 엄마하고 얘기했었어. 내 생각엔 그때가 지금이고. 요즘 거기가 젊은이들이 모여 힙한 곳이 됐다고 하더구나. 덕분에 집값도 올랐고 부동산 사장들이 자꾸 팔라고 보채던데 이걸 종자 삼아서 앞으로 네가 하고 싶은 일을 해봐."

은퇴가 얼마 안 남은 중소기업 회사원인 아빠는 할머니의 유산을 운영에게 넘겼다. 그 필요할 때가 지금이란 건 엄마에게 말하지 않은 것이 분명했다. '나중에 엄마한테 혼날 텐데'라는 걱정이 앞섰다. 얼굴에 그 생각이 드러났는지 아빠는 괜찮다며 빙그레 웃었다.

오랜만에 할머니 집을 찾아갔다. 마당이 있는 이층집은 빈집이 된 지 오래였으나 종종 아빠가 들렀는지 말끔했다. 꽃밭엔 다양한 꽃이 가득했고, 벚나무는 푸르렀으며, 집 안은 옛날 모습 그대로였다. 마치 할머니가 잠시 외출한 듯해 울적해졌다. 이 집을 팔면 다시는 보지 못할 거라는 생각에 아득했다. 운영의 추억도 있지만, 아빠의 추억도 이 집에 배어 있었다. 이 집이 비었음에도 관리했다는 건 아빠가 이곳에서 추억을 되새기고 할머니와 할아버지를 그리워했다는 걸 뜻했다. 그런 곳을 자신의 살길 찾자고, 딱히 정해진 것도 없지만, 팔아버리겠다니 스스로가 너무 불효막심했다.

오후가 돼 집을 나서자 많은 사람이 행궁동을 거닐었다. 가족이나 연인, 친구들이 찾는 곳이 된 행리단 길을 따라 걸으며 다양한 소품숍, 음식점, 커피숍, 무인 사진관 등을 바라봤다. 많은 가게가 오래된 건물을 아기자기하게 리모델링한 인테리어로 시선을 끌었다. 아빠가 힙하다라고 한 말이 이해됐다. 문득 그런 생각이 들었다.

'나도 커피숍을 해볼까?'

딱히 정해진 것도 없지만, 추억이 깃든 소중한 곳을 팔아버리는 대신 가게를 해보는 것도 나쁘진 않았다. 그 생각은 꽤나 그럴 듯했다.

동종의 가게를 찾아다니며 시장조사를 하고 뚜렷한 색의 테마가 있어야 한다는 걸 배웠다. 경영 관련 책을 찾아보고, 드립 커피 기술을 배웠다.

모아둔 돈과 약간의 대출을 받아 가게를 준비했다. 낡은 집이기 때문에 고치는 데 돈이 생각보다 많이 필요했다. 남는 게 시간이라고, 또 비용도 절감할 겸 웬만한 건 손수 하기로 마음먹었다. 바닥 공사를 운영이 한 이유였다. 앞으로도 할 게 많았다.

"야, 여운영! 아직도 자냐?"

아침부터 남자 사람 친구인 현준이 문을 열고 들어왔다. 허공에 떠다니는 먼지를 보며 기침을 하더니 현관문이며 창문을 활짝 열었다. 그리고 바닥에 허물 같은 빈 침낭을 보고는 혀를 찼다.

"이 층 방 두고 왜 여기서 자?"

화장실에서 나온 운영은 잔소리하는 현준을 보고는 눈살을 찌푸렸다.

"침낭에 들어가서 잔 것도 나름 최선이거든. 근데 어떻게 들어온 거야?"

"열려 있던데? 야! 이씨, 너 문도 안 잠그고 잔 거야?"

"잠근 거 같은데."

"정신 차리고 커피나 마셔."

현준은 사 온 커피를 운영에게 건넸다. 근처 유명 브랜드의 커피였다.

"너는 지금 커피 가게에 다른 데서 사 온 커피를 들이미냐?"

"말은 바로 해야지. 드립 커피 전문점 예정이라고. 아직 준비된 것도 없으면서, 싫음 말고."

현준이 커피를 빼앗으려 하자 운영은 잽싸게 피했다.

"얼마 안 걸리겠지만, 어제 일 때문에 손이 떨리니 맛있게 먹을게. 그런데 이른 시간에 무슨 일이야?"

현준이는 대학교 때 같은 과 동기로 시인이 되겠다는 꿈을 가졌었다. 그러나 당시 캠퍼스 커플이던 선주가 임신하는 바람에 자퇴하고 건축하는 아버지 일을 돕기 시작했다. 그 덕분에 운영은 현재 현준이의 도움을 받고 있다. 최대한 돈이 안 드는 선에서 해결해 주었으며 운영이 직접 해도 될 일을 차근차근 알려주었다. 종종 힘든 일은 도맡아 해줬다.

현준은 문 앞에 둔 조명을 가지고 들어왔다.

"잠깐 들른 거야. 창고에 있던 안 쓰는 조명들 가지고 왔어. 일 층은 어둡게 해도 이 층은 생활 공간인 만큼 밝아야지. 아, 마당엔 태양열로 하는 걸로 설치한다."

이 녀석이 없었으면 커피숍이라는 꿈은 진작에 버렸을지도 모른다.

"어떻게 설치하는지 보여줄 테니 나머지는 네가 하는 거야."

험난한 바닥 공사를 끝내자마자 새로운 퀘스트군. 고마운데, 고맙지 않은 마음도 든다면 이 녀석은 알아들을까?

운영은 선반에 올려둔 휴대폰을 들어 동영상 기능을 찾았다. 익숙한 준비에 현준은 뒷주머니에서 장갑을 찾아 끼고 공구를 꺼냈다.

"이걸 어떻게 하냐면……."

|||||

운영은 2층에 올라와서 녹화한 동영상을 다시 틀었다. 현준은 불안했는지 몇 번이나 시범을 보여준다며 1층의 조명을 다 갈아주고 갔다. 두어 개는 운영이 하는 양을 지켜보며 일러주기도 했다. 마당 조명은 땅에 꽂기만 하면 된다는 말과 함께 울려대는 전화를 받으며 급히 사라졌다.

혼자 하는 건 처음이라 긴장됐다. 혼자 하다가 감전되면 어쩌지?란 생각에 장갑 낀 손에 진땀이 났다. 거실 천장에 늘어진 전선과 동영상을 번갈아 보며 숨을 크게 내쉬었다. 휴대폰을 주머니에 넣고 의자 위로 올라섰다. 손을 뻗어 와이어 스트리퍼로 조심스레 전선 끝을 감아둔 검은 테이프를 떼어내고 피복을 벗겼다. 잘 되지 않았다. 이리저리 자세를 달리해 힘을 주다가 갑자기 피복이 벗겨지는 바람에 몸이 기우뚱하고 한쪽으로 쏠렸다. 급히 중심을 잡으려고 허우적거리다 운영은 의자에서 떨어지고 말았다.

발로 바닥을 디뎠으나 균형을 잃은 몸이 벽에 요란하게 부딪혔다. 쿵 소리가 크게 났고 벽에 걸어둔 뻐꾸기시계가 주저앉은 운영의 머리 위로 떨어졌다.

"악!"

넘어진 것보다 낙하한 뻐꾸기시계에 맞은 머리가 더 아팠다. 눈물이 찔끔 날 정도로. 바닥에 떨어진 시계는 운영의 머리가 완충 역할을 해서인지 뻐꾹 소리 한 번만 났을 뿐 멀쩡했다. 혹이 난 머리를 문지르며 운영은 시계를 들고 일어났다. 몇 번 몸을 움직이자, 머리만 아플 뿐 다른 데는 괜찮았다. 우선 시계를 제자리에 두려고 시계가 원래 걸려 있던 못을 찾았다. 눈으로는 보이지 않아 팔을 뻗어 그 자리를 더듬었다. 그러나 떨어질 때 못도 빠졌는지 구멍 난 벽지만 만져졌다.

"새로 못을 박아야 하나?"

공구 박스에 새 못이 있었다. 그 종류가 여러 개였는데 나무에 박는 것과 콘크리트에 박는…….

거기까지 생각하다 부딪혔을 때 났던 소리와 촉감을 떠올렸다. 운영은 벽을 다시 만져봤다. 시계가 있던 이쪽과 장식장이 있는 저쪽을. 상사화가 나열된 색바랜 벽지는 들뜬 부분이 있고, 이쪽과 저쪽의 강도가 달랐다. 두들겨 보자 이쪽에서 가벼운 소리가 난다면 저쪽은 묵직한 소리가 났다.

운영은 호기심에 이쪽의 벽지를 뜯었다. 어차피 벽지도 낡았고 취향도 아니었기에 바꿀 생각이었다. 벽지는 수월하게 뜯겨 합판이 드러났다. 합판은 예상보다 작았다. 못으로 헐겁게 고정되었기에 운영은 합판도 떼어냈다. 그 뒤로 생각지도 못한 문이 드러났다. 위쪽은 오돌토돌한 우윳빛 유리였고 나머지는 어두운색 새시로 된 문이었다. 딱 한 사람 정도 드나들 크기의 직사각형의 문을 보자 운영의 머릿속은 복잡해졌다.

'이 뒤에 다른 공간이 있던가?'

집 뒤에는 작은 마당과 지하실로 내려가는 별도의 문이 있다. 그곳은 늘 어두웠던 게 기억났다. 어릴 때 그곳에 한 번 갇힌 뒤로는 무서워 근처도 가지 않았다. 뒷마당에서 2층을 올려다본 일도 없었고 마냥 벽이라는 생각만 했다. 2층에는 방 2개와 화장실이 있었고 전체적인 구조를 감안하면 다른 공간이 있을 가능성은 전혀 없었다.

운영은 문을 밀다가 손잡이 밑 잠금쇠에 손을 댔다. 녹슬어 뻑뻑한 잠금쇠는 문틀의 홈으로 쇠막대를 돌려 밀고 당기는 구조인데 힘을 줘도 움직이지 않았다. 손잡이를 당긴 상태에서 잠금쇠를 요리조리 잡아 움직이려 애썼다. 한참을 실랑이하던 중 쇠막대가 움직였고, 다시금 뻑뻑한 문을 열겠다고 잔뜩 힘을 줬다가 순식간에 문이 열리는 바람에 몸이 딸려 갔다. 바보같이 여는 데에만 정신이 팔린 바람에 그 너머가 밖일 거라는 생각을 전혀 하지 않았다.

문이 열리고 어? 하는 사이에 발이 허공을 디뎠다.

"으악!"

몸이 쑥 밑으로 떨어졌다. 봄날의 하늘이 일렁이고 좁다란 골목과 그 뒤로 따개비처럼 붙은 집들이 휘청였다. 운영은 간신히 붙든 손잡이에 매달린 채 밑을 봤다. 여전히 어둡고 음산한 뒷마당이 아득하게 보였다.

끼익끼익. 금방이라도 떨어져 나갈 것처럼 문이 날카로운 소리를 질렀다. 운영은 이를 악물었다. 집 쪽으로 손을 뻗어 보다가 한참이나 모자른 걸 확인하고서 발을 뻗었다. 끼익끼익. 문이 활짝 열린 상태라 발마저 닿지 않았다.

"도와주세요!"

골목에다 소리를 질렀다. 오가는 사람이 없더라도 어느 집에서 누군가 듣고 나와주지 않을까, 라는 간절한 마음으로 도와달라고 연거푸 소리를 질러댔다. 그러나 돌아오는 소리라고는 경첩이 금방이라도 빠질 것 같은 삐걱거림이었다. 혼자서 해결해야 했다. 어두운 뒷마당 아래 시멘트 바닥에 떨어질 것인지, 아니면 용기를 내 과감하게 벽을 박찰 것인지.

당연히 운영은 생명줄과도 같은 문손잡이를 꽉 잡은 채 문 뒤 벽을 디뎠다. 그리고 심호흡을 몇 번 하고는 벽을 박찼다. 끼이이익. 날카로운 쇳소리와 함께 덜컹거리는 문이 빠르게 집으로 향했다. 운영은 문틀을 잡을 수 있었고 집 안으로 빨려 들어갔다.

다시금 푹신한 카펫을 밟자마자 운영은 그대로 누워버렸다. 심장이 벌렁거리고 긴장이 풀리니 급격한 피로가 몰려들었다. 이대로 아무것도 하고 싶지 않았다.

|||||

"여기에 철제 계단을 뒀던 거 같은데?"

"계단?"

"응. 여기에 보면 고정해 둔 곳이 끊어진 거 보이지?"

현준은 퇴근하자마자 운영이 조명을 잘 설치했는지 확인하려고 다시 왔다. 그러다 2층에서 자는 운영을 발견했다.

처음에는 천장에서 달랑이는 전선을 보고는 운영이 감전된 줄 알고 현준은 무척 놀랐다. 뒤늦게 전기를 차단했음을 떠올렸고, 현준의 수선에 잠에서 깨어 아무렇지도 않게 언제 왔는지를 묻는 운영의 모습을 보고는 감전이 아니라 밤잠 같은 낮잠을 잤다는 걸 깨닫고 안도했다. 게다가 숨은 문이 나타났다는, 다소 미스터리한 말에 현준은 신까지 났다.

2층에서 문제의 그 문을 살피던 현준은 문밖 벽을 가리켰다. 그의 말대로 벽에 철제가 잘린 부분이 튀어나온 채 녹이 잔뜩 슬어서 부서지고 있었다.

현준은 일어나 1층으로 내려갔다. 운영도 그 뒤를 따라갔다. 뒷마당으로 간 현준은 휴대폰 꺼내 손전등을 켰다. 이곳저곳을 살피던 그는 2층에 달린 문을 비췄다.

"그렇게 오갔는데 저길 보지 못했다니. 저긴 생각지도 못했네. 마치 있어선 안 될 곳에 낸 문 같잖아."

"나도 몰랐는걸. 오래전부터 사용하지 않았나 봐."

"설계도에는 없지만 아마 소방용 비상문일 거야. 뒤늦게 지우셨겠지."

"왜 없앴지? 계단 말이야."

"글쎄, 쓸모가 없어서?"

그렇게 말하며 여전히 이곳저곳을 비추던 현준이 골목과 경계를 진 담을 들여다봤다. 붉은 벽돌로 쌓은 담은 180센티미터인 현준의 키를 넘었다. 현준은 아예 담에 매달리더니 그 너머를 비췄다. 아무도 없을 휑한 골목을. 다시 내려온 현준은 고개를 갸웃거렸다.

"여기 보여? 여기서부터 저기까지, 벽돌이 다른 것과 달라. 이 부분만 뒤늦게 메운 거지. 뒷문을 막은 듯한데? 아귀도 잘 맞지 않고 마감도 잘 되지 않은 게 전문가의 손길이 아닌걸?"

현준의 말대로 벽돌은 질감과 색이 묘하게 달랐다. 폭은 운영이 팔을 양옆으로 뻗은 만큼이었는데 현준이 담을 밀자

줄눈을 따라 세로로 갈라진 틈이 보이며 부실하게 흔들렸다. 마치 2층에 숨어 있던 문처럼 이곳은 골목으로 갈 수 있는 입구였을까?

"어떡할래?"

"뭘 어떡해?"

"여기다가 다시 문을 만들면 편하지 않을까? 계단은 너만 사용하는 거니까 굳이 없어도 된다지만, 이쪽으로도 입구를 만들면 골목에서 오가는 사람이 간판을 보고 이곳으로 들어오기도 편하잖아?"

그 말이 하도 그럴듯해서 운영은 고개를 끄덕였다. 이 녀석 없었으면 어쩔 뻔했을까?

"그거 어떻게 하는 건데?"

"쉬워. 부수면 되거든."

그걸 본인이 할 줄은 생각도 못 하고 그저 쉽다는 말에 운영은 빙긋 웃으며 다시 고개를 끄덕였다.

|||||

다음 날, 하늘은 회색빛으로 잔뜩 찌푸렸다. 운영은 수건으로 목을 감싸고 터벅터벅 뒷마당으로 걸어왔다. 금방이라도 비가 내릴 듯한 흙내음 묻은 습한 바람이 불어왔다. 봄이

라 해도 볕이 워낙 포근해서 밖에서 일하기에는 이런 날씨가 좋았다. 지하실에 신경만 쓰지 않는다면. 컴컴하고 음습한, 불온한 뭔가가 똬리를 틀고 있을 것만 같은…… 거기까지 생각이 미치자 운영은 장갑 낀 손으로 뺨을 때렸다. 그만! 가만히 두면 지하실 안에서 시뻘건 눈과 시선이 마주치는 상상까지 할 터였다.

"아, 생각해 버렸잖아!"

애써 잊으려 휴대폰을 꺼냈다. 담은 전날 현준이 시범으로 얼마 정도 부순 상태였다. 그 모습을 담은 영상을 돌려보며 운영은 담에 기대 세운 해머 자루를 들었다. 오래되었으니 금방 허물어질 거라고 현준은 호언장담했다. 힘만 쓰면 되는 일이라니 쉬워 보였다. 그러니까 보기엔 말이다. 운영이 해머로 담벼락을 내려쳤다. 쿵 하는 소리와 함께 돌가루가 떨어졌다. 어설픈 해머질에 벽돌이 단번에 떨어질 리는 없었다. 운영은 다시 힘껏 해머질했다.

끼익.

얼마나 내려치고 올려 쳤을까. 옆집 쪽문이 열리고 '대박 환전소'의 쑤 사장이 나왔다. 40대 중반의 사장은 조선족인데 1년 전 옆집에 가게를 꾸려 환전소를 운영하고 있었다. 환전소로 사용하는 단층의 하얀색 집과는 담 하나를 두고 어른 걸음으로 두 걸음만큼 떨어져 있을 정도로 가까웠고 담도

뒷담보다 낮아서 서로의 얼굴이 보일 정도였다. 아니나 다를까 오늘도 단발머리에 짙은 화장을 한 쑤 사장과 눈이 마주쳤다.

"하하 안녕하세요. 많이 시끄럽지요?"

커피숍 리모델링 공사를 시작하기 얼마 전 운영은 환전소에 음료수를 사 들고 방문했었다. 공사로 소음을 유발할지 모르니 양해를 부탁드린다는 말에 무표정한 얼굴로 빤히 운영을 바라봤다. 그리고 한 박자 늦게 입을 열었다.

"괜찮아요. 사람이 살다 보면 그럴 수도 있지."

속내가 잘 드러나지 않는 표정에 순간 거절당할까 두려웠으나 흔쾌히 허락하니 감사할 일이었다. 그 이후로도 운영은 시끄러운 일이 있을 때면 종종 주변에 음료수를 돌렸다. 이번에도 사장님은 운영의 말에 잠시 그녀를 바라보고는 특유의 나른한 목소리로 말했다.

"요즘 돈 바꾸러 오는 이도 없고, 임대료만 올려달라고 성화라 머릿속이 더 시끄러워요. 담배 피우러 나온 거니 신경 쓰지 마세요. 사장님은 소음을 내지만 난 공해를 뿜잖아."

듣고 보니 그 말도 맞는 말이라 운영은 고개를 끄덕였다. 곧 서로는 자기 할 일에 몰두했다. 쑤 사장은 파우치에서 담배를 꺼내고 운영은 다시 해머를 힘껏 휘둘렀다. 쿵 하는 소리와 함께 팔에 찌르르한 진동이 울렸다. 그때 뒤에서 쑤 사장이 뭐라고 소리쳤다. 운영은 뒤를 돌아봤다. 쑤 사장이 담장에 매달려 사색이 된 얼굴로 이쪽을 보고 있었다.

"거기 부수는 거예요?"

"네? 아, 네. 원래 여기 뒤로 나갈 수 있는 문이 있었대요. 복구해서 이쪽으로도 손님이 올 수 있게……."

"안 돼요!"

"네? 뭐가요?"

"그게……."

쑤 사장은 우물쭈물하다가 주위를 보더니, 혼자 고개를 흔들었다.

"뭐, 됐어요."

처음으로 얼굴에 심경이 드러날 만큼 심각한 일이 분명했는데 더는 말도 하지 않고, 심지어 담배도 피우지 않고! 황급히 가게로 들어가 버렸다. 환전소답게 삼중 자물쇠가 철컥철컥철컥 잠기는 소리가 들리고 이어 옆에 난 창문 블라인드까지 쳐졌다.

운영은 멍하니 옆집을 바라보다가 해머를 들어 담을 내리쳤다.

'뭐, 급한 일이라도 있나 보지.'

벽돌이 바닥에 떨어졌다. 쿵, 쿵, 쿵. 습기 가득한 허공에 파공음이 퍼졌다. 그 어떠한 소음도 없는, 오로지 담을 때리는 그 소리만이 지척을 두드렸다. 땀이 후득득 떨어졌다. 줄눈들에 심한 균열이 갔다. 조금만 더 하면…… 담장이 저쪽으로 기울어졌다. 조금만 더 하면! 얼마 남지 않았다고 생각하니 점점 해머질에 집중되고 아드레날린이 막 분비되는지 팔도 아프지 않았다.

와장창!

운영이 뭐에 홀린 듯 벽을 종아리쯤까지 부수자 어디선가 유리 깨지는 소리가 들렸다. 숨을 헐떡거리며 소리가 어디서 났는지 주변을 둘러봤다. 고개를 드니 하늘에서 반짝이는 가루가 보였다.

'뭐지?'

순간 갑작스러운 돌풍에 눈을 감았다. 바람에 쓸려 골목길 저편에서 깡통이 데구루루 구르는 소리가 들렸고 초록의 은행잎이 사정없이 흔들렸다. 목에 멘 수건이 펄럭이다가 저편으로 날아가 버렸다. 먹구름 사이로 잠깐 해가 드러났다. 돌풍이 지나간 골목에 한 줄기의 빛이 내려앉았다.

돌가루가 눈에 들어갔는지 바로 눈이 떠지지 않아 뜨거운 눈물을 한줄기 흘리고서야 운영은 눈을 떴다. 그리고 허물어진 담 너머 골목길 앞에 선 젊은 남자를 마주했다. 그는 잠시 놀란 듯하다가 이내 인상을 찌푸렸다. 여전히 맺힌 눈물에 그 모습이 흐릿했다. 운영은 손등으로 눈물을 훔치고 다시 앞을 봤다. 남자는 웃고 있었다.

"무슨 일이시죠?"

"여기 담을 부순 게 두 번째인데 당신이라 놀랐고, 당신 조부가 죽을 때 유언으로 길이길이 남길 중요한 말을 안 남겼구나 싶어 짜증이 났다가, 그나마 이 일을 해결할 수가 있어서 참 다행이다 싶어서."

"뭔 소리······."

남자가 손가락을 세워 운영의 말을 잘랐다.

"울어도 소용없습니다! 지금 당장 하지 않으면 저녁 장사부터 혼란스러워지니까. 다행히 이쪽에서 나가는 건 큰 무리가 있다지만, 사람이 이쪽으로 오는 건 쉬워서 서로에게 꽤 위험하거든요."

그는 성큼성큼 담장 옆으로 가 부서진 틈바구니에서 무언가를 찾았다.

"저 안 울었고요. 아니 대체 무슨 말을 하는 거냐고요? 그리고 지금 뭘 하는······."

남자가 손가락으로 바닥에 떨어진 벽돌과 버티고 선 벽돌을 헤아리더니 대뜸 허물어지지 않은 곳에 자리한 벽돌을 너무도 손쉽게 떼어냈다. 해머로 몇 번이나 두들겨야 떨어지는 벽돌이 말이다. 저 부분만 떨어져 있었나?

그는 그 안쪽으로 손가락을 넣었다. 그리고 그 안에서 노란 헝겊을 꺼냈다. 귀퉁이는 삭고 색은 바랜 것을 남자는 제 청바지 주머니에 집어넣었다. 마치 처음부터 그곳에 있었음을 안 듯한 남자의 모습에 운영은 눈살을 찌푸렸다. 남자는 다른 쪽 주머니에서 다른 헝겊을 꺼냈다. 보다 노란색이 선명하고 분명 새것인 천 조각은 몇 번 접힌 채였다. 그는 그걸 운영에게 건넸다.

"이게 대체 뭔데요?"

"부적입니다. 이걸 벽돌 사이에 넣고 담을 다시 만들면 됩니다."

"부, 뭐라고요?"

"부적이요. 저승과 이승 사이의 결계를 다시 막는······."

더는 참지 못하고 운영은 아까 남자가 제 말을 막은 것처럼 손가락을 들었다. 남자가 드디어 입을 다물었다.

"나도 부적이 뭔지 알고요. 대뜸 와서 제멋대로 본인 말만 하고 있는데, 육하원칙으로 얘기하지 못할 거면 적어도 상대방이 알아듣게 얘기해야 하는 게 예의 아니겠어요? 그, 뭐 부적이라면 무속인이세요?"

"아닙······."

남자가 입을 떼자 운영은 다시 손가락을 들었다.

"이거 다 허가받은 거고요, 있던 자리에 다시 문을 만드는 건데 왜 막으라는 건가요? 이렇게 부수기까지 얼마나 힘이 들었는지 알아요?"

"그 때문에 결계가……."

"어깨가 빠질 것처럼 아프다고요! 혼자서 하는 게 얼마나 힘든 줄 아시고 다시 쌓으란 말을 쉽게 하는 거예요? 당신이 쌓을 거예요?"

"그래도 됩니까?"

"아니요!"

그동안의 노동으로 꽤 지쳤고 스트레스도 이만저만이 아니었다. 게다가 어제는 2층에서 떨어져 죽을 뻔도 했다. 그래서 마지막엔 목소리가 저도 모르게 커졌다. 잠시 침묵이 이어졌다. 남자는 안절부절못하다가 눈동자를 이리저리 굴렸다. 운영은 개업도 하지 않았는데 사장이 불친절하다고 소문이 날까 봐 헛기침으로 목을 가다듬었다. 그리고 부드러운 목소리로 애써 물었다.

"그래서 무슨 일이라고요? 결계가 어쨌다고요? 저승과 이승? 그럼 여기가 이승, 거기가 저승? 그러니까 당신은 귀신?"

그렇게 운영은 고개를 끄떡이며 최대한 이해해 보려고 애썼다.

|||||

그날 밤, 오래도록 찌푸린 하늘에서 비가 내리기 시작했다. 술 취한 남자가 비를 맞으며 골목길을 휘적휘적 걸었다. 내리는 비에 가로등 불빛은 더욱 어두웠다. 반쯤 감은 눈으로 콧노래를 흥얼거리던 남자는 앞서가는 사람을 발견했다. 빨간 우산을 쓴 긴 머리의 여자는 갈림길에서 왼쪽으로 꺾었다. 그는 갑자기 장난기가 발동했다.

'걸음을 빨리하는 걸 보니 어두운 골목길에 나타난 내가 무서운가 보구나! 그럼 더 놀려줄까?'

남자는 성큼성큼 물웅덩이를 밟으며 여자가 사라진 곳으로 따라갔다. 찰팍찰팍찰팍. 더욱 크게 발소리를 내며 걸었다. 빨간 우산은 벌써 저만큼 멀리 가 있었다. 찰팍찰팍찰팍. 양옆으로 불 꺼진 가게들을 허둥지둥 지나친 남자는 이번에는 오른쪽 길로 접어들었다.

"어이쿠!"

바로 앞에 빨간 우산이 있었다. 자신을 기다리고 있었다는 생각에 남자는 머쓱해졌다.

"헛흠. 아이고 깜짝이야. 아가씨, 나는 그저 가는 길이 같아서……."

변명하던 아저씨는 갑자기 뒤를 돌아보는 여자의 얼굴을

보고 너무 놀라 혀를 짓씹었다. "헉!" 숨을 들이켠 채 뒤로 나자빠지더니 두 손으로 눈을 비볐다. 보고 또 봐도 익숙한 얼굴이었다.

"여보?"

작년에 죽은 아내였다. 남자는 소스라치게 놀라며 비명을 빽 질렀다. 그러고는 기다시피 일어나 황급히 도망쳤다. 드르륵. 바로 옆 건물 2층에 불이 켜지고 창문이 열렸다. 졸린 눈을 비비며 고개를 내미는 운영을 힐끗 본 여자는 발걸음을 돌렸다. 팽그르르 돌아가는 빨간 우산은 곧 사라졌다.

|||||

새벽에 그친 비로 공기는 쌀쌀했으나 봄볕은 따사로웠다. 연초록의 은행 나뭇잎은 햇빛을 받아 반짝였고 수다 떠는 이들의 목소리가 뒷담을 넘었다. 점심이나 저녁쯤에 집 앞쪽으로 지나가는 사람들의 목소리가 수시로 들렸지만, 골목에서 들린 건 처음이었기에 운영은 2층 창문을 열었다.

골목 사거리에 면한 집집의 낡은 대문 앞마다 할머니, 젊은 남자, 여자아이, 중년 남자가 앉아 있었다. 말하는 이는 각자의 자리에서 목청을 키웠다. 조금 더 가까이 모여서 이야기하면 서로 편할 텐데도 그들은 대문 앞에서 대화를 이어갔다.

그중에 어제의 젊은 남자가 보였다. 운영의 집 맞은편 커다란 은행나무가 있는 2층 주택에 사는지, 파란 칠이 벗겨진 대문 앞에서 팔짱을 낀 채 고개를 끄떡였다.

"이럴 때가 아니지."

그래도 이웃사촌 아니던가. 잘 보이자는 생각에 운영은 급히 1층으로 내려가 커피와 차를 준비하기 시작했다.

"그러니까 간밤에 비가 내렸잖아. 술 취한 놈이 들어와 가지구 칠렐레팔렐레하고 다니다가 앞에 가는 여귀를 발견하고는……."

"어? 여가 사람이다."

어린 여자아이가 활짝 웃었다.

"안녕하세요."

종이컵과 보온병 그리고 디저트를 담은 쟁반과 접이식 의자를 들고나온 운영은 인사하며 그들 사이로 다가갔다. 운영의 등장에 모두의 시선이 그쪽으로 향했다. 잠시 젊은 남자와 눈이 마주쳤으나 무시하고 운영은 다른 이들을 향해 웃어 보였다.

"한창 말씀 중이신데 갑자기 끼어들어 죄송해요. 제가 저 집에 사는데 인사드리고 싶어서요. 그동안 공사한다고 시끄러우셨죠? 죄송해요. 곧 커피숍을 열거라 저희 가게서 팔 커피랑 차 좀 가지고 왔어요."

그곳의 최고 연장자인 빨간 대문 앞의 할머니를 보며 얘기하자 빨간 대문 건너편에 있는 검은 대문 앞의 여자아이가 의자에서 내려와 다가왔다. 접이식 의자를 펴 그 위에 쟁반을 내려놓는 걸 보고 아이는 살갑게 말을 걸어왔다.

"알아! 저기 담장 허문 데지? 이름이 뭐야?"

"어, 난 여운영이라고 해."

수줍게 대답하자 아이가 손을 휘휘 내저었다.

"아니, 가게 이름."

"아! 산티아고 데 콤포스텔라."

"무슨 이름이 그래? 난 커피로 줘!"

아이의 당돌함에 운영은 당황했다.

가게 이름을 말하면 대부분은 별 관심이 없다는 듯 고개를 끄떡였고, 지인들은 이 아이 같은 반응을 보였다. 심지어 엄마는 콧방귀를 뀌며 유치하다고 했다.

"만날 바쁘다고 해외여행 한 번도 가질 않았으면서 가게 이름이 그게 뭐니?"

그러게. 뭐가 그리 바쁘다고 남들은 쉽게 가는 해외여행을 마다했을까. 후회하지 않을 삶이었다고 생각했는데 모두 잘못됐다고 하니 억울하기까지 했다. 운영은 엄마의 말에 대답

대신 어깨를 으쓱였다. 돌아올 대답이야 좋지 않을 게 뻔했으니까.

"헛흠, 목이야. 십삼 세 아이는 커피를 마시면 안 된단다."

운영의 옆집인, 초록 대문 앞에 있는 중년의 아저씨가 딱딱하게 말했다. 그 말에 목이가 운영을 올려다봤다.

"난 산미 나는 것보다 고소한 거 좋아하는데, 없어?"

가볍게 아저씨의 말을 무시하는 목이를 보며 운영은 일단 목을 가다듬었다.

"아, 신 거 싫어하는구나. 마침 율무차가 있는데 그건 어때?"

"좋아! 하지만 다음엔 꼭 그 커피를 준비해주는 거야!"

목이는 순순히 율무차와 대추 빵을 들고 제자리로 갔다.

"어, 그러면 나는 커피로!"

아저씨는 손을 비비며 운영에게 다가왔다. 앉아 있을 땐 그냥 덩치가 있다는 인상이었는데 점점 다가오자 커다란 곰을 연상케 했다. 허리를 숙여 쟁반 위에 있는 디저트 빵을 골랐다. 말차 휘낭시에, 레몬 휘낭시에, 단팥빵, 초콜릿 도넛. 그는 고민하더니 단팥빵을 집어 들었다.

"반갑소. 나는 장천이!"

"나는 문, 나도 커피로 주시게. 연하게."

이어 할머니가 말했다. 커피에 뜨거운 물을 더 붓고는 잘 저어 빵과 함께 그 앞에 가져가자 문은 레몬 휘낭시에를 집었다.

"그래서 아까 하던 얘기 마저 해봐!"

목이가 율무차를 마시며 장천을 닦달했다. 장천이 툭 튀어나온 눈으로 운영을 힐끗 쳐다봤다. 젊은 남자에게 어떤 걸 줄지 물으려던 운영에게 목이가 대신 소리쳐 알려줬다.

"국이는 단 거! 무조건 단 거! 많이!"

"시끄러워."

국이라 불린 남자는 인상을 썼다. 그 모습에 운영도 눈살을 찌푸렸다. 남은 율무차를 종이컵에 가득 담고는 그 얼굴 앞에 내밀었다. 찰랑이며 율무차가 넘실거렸다.

"그래서 어떻게 됐는데?"

목이의 재촉에 장천이 연방 헛기침을 했다.

"운영이가 들으면 어때서 그래? 어차피 결계를 부숴서 문을 냈으니 운영이도 이제 알 건 알아야지. 안 그래?"

아직 담을 다 부순 건 아니었다. 답은 국의 등장 이후로 무릎 높이 정도가 남았고 오늘마저 허물 생각이었다. 운영은 13세 아이가 초면부터 반말하는 게 껄끄러웠지만 고개를 끄덕였다.

"그럼요. 저도 어제 이분께 결계에 대해서 아주, 자알, 들었어요. 이승과 저승을 경계 짓는 결계가 있는데, 제가 부수는 바람에 여기저기 구멍이 생겼다면서요. 그래서 산 사람이 막 들어오고, 헤집고! 가게들은 산 사람이 들어올까 봐 문을 닫아걸었고, 돈 쓸 여유가 없으니 저승 가는 귀신들은 없던 한도 생겼다고…….”

운영은 초콜릿 도넛을 힘껏 국의 손에 내려놨다. 반대 손에 쥐고 있던 율무차가 넘쳐흐르자 국이 인상을 찌푸렸다. 그가 이어 말했다.

"듣고는 소설 쓰냐, 아프냐 묻더니, 괜찮다고 하니까 그 이후에 해머를 휘둘러대며 쫓아냈지요.”

"사람 놀리는 것도 아니고. 초면에 너무하잖아요. 덕분에 어깨에 담이 들었지 뭐예요. 어르신 여기에 침 잘 놓는 한의원 어디에 있나요?”

"그 담 하나 막는다고 나머지 깨진 것도 막아지는 게 아니라니까 그러네. 일전에는 결계가 하나 뚫린 거니까 막을 수 있었다지만.”

목이가 손을 내저으며 말하다 배를 잡고 깔깔거렸다. 문이 말했다.

"화성행궁 건너편에 하나 있어. 여기 오른쪽으로 쭈욱 가면 지름길이지. 다른 데로 빠지지 말고 이쪽으로 쭉! 그리고 국이가 좀 실없긴 해도 묻는 말에 따박따박 진실만을 말하는 게 장점이자 단점이긴 해.”

운영은 당황했다.

"네?"

"여긴 저승길이야. 아주 오래전부터였지. 수원은 예부터 사통팔달로 죽은 자들이 이곳을 지나 저승으로 가기에 좋은 목이었거든. 덩달아 그들을 상대로 한 상점들도 모였고 여전히 장사는 잘되고 있었다네."

"결계가 깨지기 전까지 말이죠. 그러는 바람에 모든 가게가 어제는 문을 닫았습니다."

국이가 빈정거렸다.

"그래서 어젯밤에 아주 재미있는 일이 있었어. 술 취한 아저씨가 깨진 틈으로 이 저승길에 들어왔는데 빨간 우산을 쓴 여귀를 따라갔다지. 그래서 여귀가 길목을 딱 지키고 마주쳤는데! 그게 죽은 마누라였대!"

"어이 그건 내가 할 말이었다고!"

깔깔 웃던 목이가 이번에는 배를 잡고 굴렀다. 그러자 장천이 불만을 내뱉었다. 그다지 재밌지도 않은 얘기 같은데. 운영은 이들이 하는 말들을 채 이해하지 못했다. 모두가 작당하고 새로 온 사람을 놀리는구나! 라고 생각하다가 문득 전날 일이 떠올랐다. 자던 중 누군가의 비명에 잠에서 깨어 창을 열었고 골목에 선 빨간 우산을 쓴 여자와 눈이 마주쳤다. 찌를 듯한 시선에 괜찮냐고 묻지도 못했다. 그런데 그 여자가 귀신이라고?

"어떡해? 놀랐나 봐. 아직도 우리가 사람이라고 생각하는 건 아니지?"

장난기가 어린 목이의 말에 운영은 짐을 챙겨 들었다. 갑자기 목뒤에 소름이 돋으며 섬뜩해졌다.

"저, 저는 일이 있어서."

그러고는 대답도 듣지 않고 종종걸음으로 달려 담을 넘었다. 귀신은 개뿔. 단체로 미쳤거나 자신을 놀리는 거다. 친해지고 싶어 커피와 디저트를 대접했는데 오히려 이런 취급이라니! 화가 났으나 미친 사람들의 농간에 더는 얽히고 싶지 않았다.

'아직도 우리가 사람이라고 생각하는 건 아니지?'

목이가 그 말을 했을 때 잠깐 두 눈이 붉게 빛났던 걸 운영은 애써 부정했다. 그때 갑자기 뭔가가 운영의 다리를 지나쳐 지하실로 달려갔다.

"꺅!"

운영은 화들짝 놀라 그 자리에서 펄쩍 뛰어올랐다. 와그르르. 손에 들고 있던 잔들이 바닥에 요란하게 떨어졌다. 워낙 눈 깜짝할 사이라 그것이 정확히 뭔지 보지는 못했지만, 작은 동물 같은, 그래 고양이 같은!

"뭐야. 진짜 고양이야?"

해가 닿지 않는 음산한 지하실 입구가 보였다. 문이 고장이 나 완전히 닫히지 않는 틈으로 완벽한 어둠이 자리했다. 저런 데서 고양이가 산다고? 쫓아낼까 싶었으나 선뜻 지하실에 들어가기가 꺼려졌다. 귀신 어쩌고저쩌고 말했던 저들 때문에 더 신경 쓰였다. 운영은 바닥에 떨어진 잔을 챙겨 들고 가게로 들어갔다.

|||||

"운영아, 우리 왔다! 이년 또 문 안 잠그고 있네. 어머, 엄마 욕한 거 아니야. 우리 아영이 귀 막자."

그로부터 한 달 후, 선주가 돌 지난 둘째 아영이를 안고 들어왔다. 그새 가게 안은 한국 전통적인 색감에 유럽풍의 아기자기한 자기 인형들, 할머니가 생전 모으신 그릇과 찻잔 세트로 꾸몄다. 얼추 제대로 된 커피숍 같았으나 원목 테이블과 의자가 모두 뒤집혀 있어 무척 부산스러워 보였다.

"아직 뭐 할 게 남았어? 어제 현준이가 정리 다 끝났다고 하던데? 가오픈 한다며?"

그 중간에 선 운영이 표정 없이 선주를 바라봤다. 깊은 한숨을 내쉰 운영은 뒤집힌 의자를 다시 바로 했다.

"자고 일어나면 모든 테이블과 의자가 뒤집어져 있어! 정리해 놓으면 계속! 어깨도 나을 기미가 안 보이고! 밤마다 지하실에선! 고양이가 울어!"

끄응. 꽉 다문 입술 새로 신음이 흘러나왔다. 운영은 신경질이 나 붙들었던 의자를 밀어버렸다.

"너 왜 그래? 어깨 계속 아파? 그러게 대출받아서 사람 쓰라니까."

"대출받을 만큼 받았어. 앞으로 들어갈 돈도 많으니 최대한 아껴 써야 해."

욱하던 운영은 기운이 빠져 의자에 앉았다.

"이 집 담보로 대출받음 되잖아. 아버지한테 부탁하면 허락해 주실 것 같은데."

선주가 다가와 그 앞에 앉았다.

"그렇게는 하고 싶지 않아."

그건 너무 자신만의 욕심 같았고, 마지막 보루기도 했다. 처음부터 가진 것을 모두 쏟아부어 이 가게에 투자하고 싶은 마음은 없었다.

선주 품에 안긴 아영이의 작은 손이 운영에게로 향했다.

"아영이가 '이모 힘내세요' 한다."

운영은 고개를 들어 그 작은 손을 잡아 흔들었다. 아영이가 그 손을 뿌리쳤다. 그리고 운영의 뒤를 보며 뭐라고 웅얼거렸다. 그 시선을 따라가자 접시 세트가 있는 장식장이 보였다.

"설마 저 접시 달라는 거 아니겠지?"

"보여달라는 건가?"

선주는 일어나 장식장으로 향하며 이어 말했다.

"아니 누가 테이블과 의자를 뒤집는 거래? 귀신이 곡할 노릇이네."

"귀신 얘기 하지 마. 골 아파."

운영이 정색하자 선주는 키득거렸다. 일전에 골목집 사람들이 운영을 두고 장난친 걸 전해 들은 게 기억나서였다.

"야 그 사람들이 들어와서 이러는 거 아냐? 그러게 가게 열 때까지 문 잠그고 살라니까?"

"밤늦게까지 지키고 섰는데도 아무 일도 일어나지 않았거든. 깜빡 졸면 어느새 이렇게 돼. 십 분? 이십 분? 그 사이에. 그 사람들이 한 짓 같지 않아."

사람이 들어와 저질렀다면 인기척에 운영이 알아차릴 터였다. 원목이라 제법 무거운 것들을 소리도 없이 뒤집는 것도 이상했고 골목집 사람들이 굳이 운영 하나 놀리겠다고 며칠 동안 밤마다 몰래 들어와 그러는 것도 말이 안 되고.

"그것참, 정말……."

"귀신이 곡할 노릇이네"라고 얘기하려다가 번뜩이는 운영의 눈빛에 선주는 아영이를 봤다. 아영이는 장식장에 흥미가 없는지 운영을 향해 손을 뻗었다.

"우리 아영이 이모한테 가고 싶어요?"

운영이 아영이를 안아 들었다. 아영이는 안기자마자 한 손엔 운영의 멱살을 잡고 한 손엔 헝클어진 머리카락을 붙들고 위로 올라가려고 했다. 악! 소리를 지르자 선주가 당황하며 황급히 아영이를 떼어냈다. 아영이는 자꾸 두 팔을 뻗으며 웅얼거렸다.

"네가 나 째려봐서 혼내주나 보네. 우리 딸 효녀네! 그래서 씨씨티브이는 아직 안 달았고?"

"오늘 업체 사람들 온다고 했어."

운영은 머리카락을 정리하다가 다시금 어깨 통증에 인상을 찌푸렸다.

"안 되겠다. 그 사람들 오기 전에 병원부터 다녀와. 아프면 재깍재깍 병원에 가야지. 그냥 두면 병 더 커진다."

선주의 호들갑에 운영은 입술을 삐죽 내밀었다. 해머질하면서 뭐가 잘못됐는지 낫질 않고 더욱 아팠다. 자연 치유될 통증이 아니었다. 그러고 보니 골목집 할머니가 행궁 건너에 한의원이 있다고 했던가? CCTV 업체 사람들은 오후에 온다 했으니 말 나온 김에 가려고 운영은 자리에서 일어났다.

선주는 계산대 위에 올려둔 봉지를 가리켰다.

"이거 고양이 사료인데 사료랑 물 놔줘 봐."

"뭐어? 키울 것도 아닌데 왜 먹을 걸 줘?"

"지하실에서 밤마다 울어댄다며? 네 건물에 사는 이상 밥 정도는 챙겨줘야 인간 된 도리지."

"무슨 도리까지 들먹여?"

"그럼 굶겨 죽일 거야?"

선주의 말에 아영이가 운영을 빤히 쳐다봤다. 맑은 그 두 눈에 운영의 모습이 비쳤다. 매정하게 고양이를 굶겨 죽일 이모의 모습이.

"알았어! 주면 될 거 아냐!"

선주와 아영은 대문 앞에 주차한 차를 타고 집으로 돌아갔다. 병원까지 데려다준다는 선주의 제안을 거절한 운영은 마당을 가로질러 집 뒤쪽으로 왔다. 할머니가 알려준 행궁으로 가는 지름길로 갈 생각이었다.

여전히 담은 부수다 만 상태로 있었다. 꼴 보기 싫다고 현준이가 마저 부숴주겠다고 했지만, 골목집 이들이 했던 말이 찜찜해서 이러지도 저러지도 못했다. 물론 그들의 말을 믿는 건 아니었다. 귀신이니, 결계니, 저승길 등등 이런 21세기 현대사회에 있을 수 없는 것들을 믿을 리가. 다만 그 이후 아빠가 와서 담을 보고는.

"이곳에 꼭 입구를 내야겠니? 아빠가 열한 살이었을 때, 너희 할아버지가 벽돌로 막으면서…… 아니다. 뭐, 네가 알아서 하겠지."

왜 그래. 무섭게! 찜찜하게 끝맺는 말에 마냥 부정할 수도 없었다. 운영은 매일 밤 국이라는 남자가 준 부적을 바라봤다. 할아버지는 왜 그 입구를 막았을까? 분명 국이 그와 같은 부적을 벽돌 사이에서 꺼냈다. 할아버지는 그 부적의 존재를 알았겠지. 할아버지 연세라면 미신을 믿을 법했다. 그러니까 결계와 저승과 귀신을 막는 그런 걸. 그럼 자신은 믿어야 하는가? 말아야 하는가?

"흑!"

담을 넘자 골목집들 앞에 그때와 똑같이 앉아서 얘기 중인 이들이 보였다. 말도 안 되는 말로 사람을 놀리는 저들이 꼴 보기 싫어서 담을 메웠을 수도 있겠다 싶었다. 사람들 텃세가 어디나 있다더니. 흥. 너무 미우니까 저들의 뜻대로 담을 막지 말아야겠다는 양가적인 마음도 들었다.

입술을 삐죽이며 운영은 그들을 무시하고 지나치려 했다.

"어? 운영이다! 운영아, 잘 지냈……. 어?"

운영을 발견한 목이가 벌떡 일어나 반갑게 인사하다가 멈췄다. 모두의 시선이 운영에게 쏠렸다. 정확히는 운영의 머리 위에.

"안녕하세요."

그래도 어른이 계시는데 인사를 안 할 수는 없으니 운영은 문에게 인사했다.

"어, 그래. 어딜 가는 겐가? 아직 길이 익숙하지 않을 텐데. 길 잃어버릴지도 모르니 국이가 안내를……."

문의 말에 국이 언제나처럼 인상을 썼다.

"아니요. 요즘 어깨가 아파서 전에 알려주신 한의원에 가 보려고요."

운영이 먼저 말했다.

"그래, 꽤 아플 만하네."

문은 안쓰러운 표정을 지었다.

"네?"

"운영아 지금 네 어깨에 웬 남자 귀신이 엄청 늠름하게도 서 있……."

목이의 말에 장천 아저씨가 황급히 그 입을 막았다. 또 이상한 말을 하려는가 싶어서 운영은 표정이 굳었다. 저 쪼끄마한 게 반말해도 오냐오냐 봐줬더니!

"한의원에 간다고? 거기는 여기 오른쪽으로 쭈욱 가면 돼. 절대 다른 길로 가면 안 되고."

"네, 그럼."

운영은 그들 사이를 지나쳤다. 목이의 말이 기분 나빠 괜스레 어깨를 툭툭 털어냈다. 그래서 그랬는지 찌릿찌릿한 통증이 일었다.

IIIII

 한의원에서 침 치료를 받고 온 운영은 이번에는 골목길이 아닌 큰길로 집에 돌아왔다. 괜히 만나서 화를 키우느니 그들을 안 보고 무시하는 게 답이라고 생각했다.
 운영은 꽁꽁 닫은 문과 창문을 열어 환기를 시켰다. 5월의 햇살이 찬란하게 집 안을 가득 채웠다. 치료를 받아선지 고통이 조금은 가셨다. 열린 문을 드나드는 바람 덕에 기분이 좋아졌다. 바스락바스락. 계산대 위에 있는 비닐봉지가 바람을 맞고 소리를 냈다. 아, 고양이 밥. 아영이와 약속했으니 줄 건 줘야지.
 운영은 부엌 선반에서 쓰지 않는 도자기 그릇을 꺼냈다. 사료와 물을 담은 뒤 지하실로 향했다. 선뜻 지하실 앞까지 갈 용기가 나지 않아 지하실 창문 앞쪽에 그릇을 내려놨다. 먼지가 쌓여 탁한 창에 시선을 두지 않으려 애썼다. 창고도 정리해서 꾸미면 괜찮을 것 같다는 현준의 말에 강력히 거절한 건 두려움 때문이다. 운영은 어릴 때 지하실에 갇혔었는데 그 트라우마가 여전했다. 공기 중에 떠다니는 습하고 큼큼한 냄새는 암담했던 그 날의 기억을 떠올리게 만들었다.
 "그거 고양이 아니에요."
 "으악!"

갑작스러운 목소리에 운영은 화들짝 놀라 소리를 질렀다. 엄청나게 두근거리는 가슴께를 붙들고 고개를 돌려 옆집을 봤다. 담장 위로 쑤 사장의 얼굴이 보였다. 짙은 화장을 한 그 얼굴에 긴장한 기색이 어렸다.

"네?"

쑤 사장의 말이 선뜻 이해가 가지 않아 운영은 되물었다. 선명한 아이라인의 눈가가 파르르 떨렸다.

"그게 뭔 줄 알고 밥을 줘?"

뭐에 기분이 상한 건지 모르겠으나 쑤 사장은 제 할 말만을 내뱉고는 환전소로 들어갔다. 운영은 지하실을 흘깃 봤다. 고양이가 아니면 그게 뭔데? 전에도 그랬고 지금도 그렇고. 쑤 사장은 뭔가를 알고 있으면서도 확실하게 알려주지 않았다.

운영은 허물어진 담장을 돌아봤다. 저걸 허문 순간부터 모두의 반응이 이상했다. 이상한 일도 일어나고 있고. 하도 그러니 제정신 아닌 저들의 반응이 어쩌면 진짜일 수도 있겠다는 생각까지 들었다. 운영은 곧 고개를 흔들어 그 생각을 부정했다. 지하실에 있는 건 고양이다! 잘 알지도 못한 건 쑤 사장이다!

콧방귀를 뀌며 운영은 돌아서서 가게로 향했다. 허물어진 입구를 지날 때, 골목 쪽에서 이쪽을 기웃거리는 옆집 아저씨, 장천과 마주쳤다. 다시금 화들짝 놀란 운영이 가슴께를 또 붙들었다. 장천은 이쪽을 몰래 보다 들켜서 민망했는지 헛기침을 했다.

"여기서 뭐 하세요?"

"아, 아니, 지나가는데 비명이 들려서 무슨 일이 있나 하고."

"별일 아니었어요."

운영은 경계심 가득한 눈빛으로 장천을 봤으나 이내 생각을 고쳐먹었다. 진짜 무슨 일이 일어났다면 도움을 받을지도 모르지 않은가. 잔뜩 굳은 표정이 누그러졌다.

"어디 다녀오시나 봐요."

매일 수다나 떠는 모습만 봐선지 이들에게도 제 할 일이 있다는 사실이 낯설었다. 하긴 백수가 아닌 이상 본업이 있겠지. 목이는 학교에 가야 하고. 그런데 그러기엔 학교 갈 시간이 훨씬 지났음에도 집 앞에 있지 않았나?

"다녀오는 게 아니라 오늘 상인회 회의가 있어서 거기에 가는 길이오."

"상인회요? 행궁동에도 상인 커뮤가 있다고 듣긴 했어요. 안 그래도 알아볼까 했는데 잘됐네요. 저도 같이 가요!"

그렇게 얘기하며 운영은 휴대폰을 꺼내 시간을 확인했다. 정오가 지났다. CCTV 업체 사람들은 두 시에 오기로 했다.

그 전에 상인회 회의가 끝나겠지.

"생각하는 곳이 아닐 텐데."

"잠시만요. 문 좀 잠그고 올게요."

장천의 말을 듣지도 않고 운영은 재빨리 문단속하러 들어갔다.

|||||

장천의 커다란 등을 보며 따라가는 길에 위치한 가게들은 온통 문이 닫혀 있었다. 한창 낮 장사를 해야 할 식당이나 문방구, 시장통 들도 조용했다. 아까 한의원에서 돌아올 때도 많이 보이던 사람들이 어째선지 이곳에는 한 명도 보이지 않았다. 뒤늦게 생각해 보니 한창 장사할 시간에 상인회 회의를 하는 것도 이상했다.

운영은 다시금 경계심이 들었다. 머리를 긁적이며 앞서는 장천이 의심스러웠다. 그렇다고 자신을 꾀어 이상한 곳에 데려간다고 의심하는 게 말이 안 되는 것이, 운영이 먼저 가겠다고 나섰기 때문이다. 덥썩 물 확률까지 계산하고 계획했단 말인가? 혹시 몰라 운영은 주머니에서 휴대폰을 꺼내 손에 들었다.

장천은 좁은 건물을 마주하는 낡은 3층 건물로 들어갔다.

좁고 가파른 계단을 올라가려다가 뒤따라오는 운영을 쳐다봤다. 운영은 건물 외벽에 달린 간판을 유심히 보고 있었다. 1층에 바람 건강원, 일단 전파사, 미소 헤어살롱이 나란히 자리했다.

운영은 자신을 처다보는 장천을 보고는 걸음을 빨리해 계단을 올라갔다.

"일단 데려오긴 했는데, 아마 환영받지는 못할 거요."

"네? 왜요? 텃세가 심한가요? 같은 상인끼리 잘살아 보자고 운영하는 게 상인회 아닌가요?"

눈을 말똥히 뜨고 운영이 묻자 장천은 손사래를 쳤다.

"그러니까 생각하는 그곳이 아니고. 보면 내 말이 뭔 말인지 확실히 알 테고. 허나 그들이 그런다 해도 너무 감정적으로 굴지 않길 바라오. 다들 망할까 봐 예민해서 그런 거니."

운영은 장천의 마지막 말 뜻을 어렴풋이 알 것 같았다.

이곳을 찾는 사람들이 많아지자 가게 임대료는 점점 비싸졌다. 그 때문에 수십 년간 장사하던 이들은 못 버티고 나가는 수밖에 없었다. 새로 들어온다 해도 문제였다. 그만큼 장사가 잘되어야 하는데 잘되는 곳은 따로 있다 보니 가게들은 금방 다른 가게로 바뀌었다.

남 일이 아니었다. 커피숍을 곧 오픈할 운영도 불안했다. 인생에서 커다란 실패를 한 뒤로, 그게 정확히 뭔지도 잘 모르면서, 무언갈 선택할 때마다 자신의 선택을 의심했다.

가게를 준비하면서도 괜히 흔하디 흔한 커피숍을 한다고 했나? 다른 가게였다면 사람들의 시선을 끌어 돈을 벌기에 더 좋았을까? 괜히 할머니의 집을 지키겠다고 했나? 너무 안일한 생각이지 않았나? 더욱 고심하여 정말 자신이 하고픈 일을 해야 하지 않았을까? 재수 없게 일이 그릇되면, 커피숍은 손쉽게 접을 수 있을까?

아직 가게를 열지도 않았으면서 운영은 다른 상인들처럼 곧 망할지도 모른다는 생각에 어깨를 늘어트렸다.

2층 온기 다방을 지나 3층에 올라섰다.

사무실에 꽤 많은 사람이 접이식 의자에 앉거나 서 있었다. 아직 회의는 시작 전인지 저마다 옆 사람과 얘기 중이다. 앞에 앉은 몇몇이 장천을 보고 인사했다. 그러다 그 뒤로 운영이 등장하자 웅성거리던 이들이 일순간 조용해졌다. 그리고 그들의 시선은 운영의 머리 위로 모였다. 운영도 그 시선을 따라 고개를 들었으나 칠이 벗겨진 천장만이 보였다.

"저거 아직도 운영이 위에 있네. 장천! 운영이 데려올 거였으면 저것부터 없앴어야지!"

중간에 할머니 옆에 앉아 있는 목이가 한마디 했다. 그 옆에 앉으려던 장천이 머리를 긁적였다.

"아니 아까 내버려두라고 해서."

"국이 말은 들을 필요가 없다고!"

풋! 하하하, 깔깔깔. 누군가가 웃자 다른 이들도 따라 웃었다. 왜 자신을 보고 웃는지는 몰랐지만, 비웃음이 분명했기에 운영은 이맛살을 찌푸렸다. 웃는 이들 외에도 몇 명은 왜인지 모르게 노려보거나 못마땅함에 입술을 삐뚜름하게 씰룩였다. 분명 적의였다. 쾅! 그때 할머니가 들고 있던 지팡이로 바닥을 두드렸다.

"그만! 젊은이가 와서 저승길을 등지고 일하려는 걸 안쓰럽게 보지는 못할망정 추잡스럽게 뭐 하는 겐가?"

"하지만 저희가 지금 모인 게 다 저 사람 때문이 아닙니까?"

누군가가 소리쳤다.

"맞아요. 결계가 깨지고 이상한 일들이 일어나고 있잖아요. 어제는 갑자기 깨진 곳에서 사람을 마주치는 바람에 얼마나 깜짝 놀란 줄 알아요? 이제 낮 길도 무섭다니까요!"

맞장구치는 말에 목이가 일어나 소리쳤다.

"양장점 사장님! 귀신이 사람을 죽여도, 사람이 양장점 사장님한테 해가 되지 않는다니까. 말이 되는 소리를 해야지."

그러자 앞에서 한 남자가 벌떡 일어났다.

"사천왕은 누굴 두둔하는 겁니까? 동서남북 저승 길목을 지키는 게 사천왕의 일 아닙니까?"

운영은 점점 험악해지는 분위기에 눈을 굴렸다. 귀신, 결계, 사천왕 등 오가는 말들이 심상치가 않았다.

담을 부순 게 원인이었다. 이제야 장천의 말이 이해됐다. 왜 이들이 자신을 싫어하는지.

운영은 슬금슬금 뒷걸음질 쳤다. 그러니까 모두가 미치지 않았다면! 저들의 말이 사실이라면! 자신은 지금 귀신들 틈에 있는 거였으니까. 도망쳐야 했다. 자신이 미쳤다는 가정도 있지만 그건 나중에 생각하기로 하고.

그때 뒤에서 누군가가 혀를 차는 소리가 들렸다.

"회의에 상인이 아닌 자는 참가 불가다."

언제 왔는지 국의 차가운 손이 운영의 어깨를 붙들었다. 그리고 뭔가를 잡아챘다. 운영이 휘청거리며 뒤를 돌아보자 어깨에서 묵직한 게 떨어져 나갔다. 어안이 벙벙해진 채로 운영은 국의 손에 뒷덜미를 붙잡혀 앓는 소리를 내는 남자를 봤다. 피골이 상접하고 옷차림도 꾀죄죄한. 어깨에 남자가 버티고 섰다는 목이의 말이 생각났다.

"저 사람, 지금 제 어깨에서 내려온 거예요?"

제 어깨와 붙들린 남자를 번갈아 보던 운영이 새된 비명 같은 말을 내뱉었다. 말도 안 되는 말이었으나 이 상황 자체가 온통 말도 안 되는 일이었으니.

"아야야야!"

"사람은 아니고 잡귀입니다. 무너진 담을 건너 운영 씨에게 간 듯하군요. 저승길에 사람의 유입되는 것도 문제지만, 깨진 결계를 통해 이렇듯 저승과 이승 양쪽을 왔다 갔다 할 수 있는 귀신들이 사람들에게 문제를 일으키는 게 가장 큰 문제입니다. 아시겠습니까? 거기에 입구를 낸다면 귀신들에게 길을 내어주는 거나 다름없다는 말이지요."

국은 그렇게 얘기하더니 열린 문 너머로 그 남자를 내던졌다. 밖으로 날아간 남자는 복도를 지나 벽에 부딪히고 바닥에 쓰러졌다. 꽤 큰 소리가 들렸지만, 쓰러진 남자는 아파할 새도 없이 일어나 계단으로 도망쳤다. 운영은 혼란스러웠다. 언제부터 자기 어깨에 있었을까? 고양이가 아니라던 쑤 사장의 말도 떠올랐고, 검은 그림자를 보고 소스라치게 놀랐던 한 달 전도.

'왜 지금 귀신들을 보는 건데?'

아니다. 어깨 위 남자만 보지 못했을 뿐, 담을 부순 순간부터 국을 만나지 않았던가. 아, 더는 무리다. 생각 따윈 집어치우고 그냥 도망가고 싶었다. 하지만 문 앞에 서 있는 국 때문에 몰래 나갈 수도 없었다. 게다가 국은 꽤 심각한 얼굴로 좌중을 바라봤다.

"모두가 아주 잘 알고 있듯이 우리는 저승 길목을 지키는 사명으로 있는 존재다. 우리는 그 안에 있는 모든 존재를 존중하고 있다. 그것이 귀신이든, 사람이든 말이지. 그러니 적당히들 하고 회의를 시작하지."

국의 말에 다른 반발은 없었다. 그가 고갯짓하자 몇 명이 앞으로 나왔다. 그중 한 명은 칠판에 오늘의 안건을 적었다.

"뭐합니까? 회의에 참여하러 오셨으면 어서 자리에 앉으세요."

자리로 들어가려던 국이 가만히 선 운영에게 말했다. 그 말에 우물쭈물하던 운영은 도망칠 생각을 접었다. 지금 당장 안전한 곳은 국, 그러니까 자신에게 호의적인 이웃집 사천왕 옆이었다. 그래서 손을 흔드는 목의 옆자리로 가서 순순히 앉았다.

'저승길 상인회 대책 토론. 결계 파괴와 인간의 유입. 앞으로 어떻게 해야 하는가?'

회의 주제는 예상대로 결계에 대해서였다. 이곳에 들어서기 전까지는 커피숍의 미래가 불안했는데 지금은 다 떠나서 불편했다. 이 회의의 원인이 운영 자신이었기 때문이다.

"활력이 도는 바람에 기를 펴지 못하겠다니까요! 이곳에 드나드는 인간들을 혼쭐내 줍시다! 아주 무서운 맛을 봐야 발길을 끊지. 그래야 해요."

양장점 사장님이던가? 그분이 일어나 자신의 의견을 강력하게 얘기했다. 그 말에 동조하는 다른 사람, 아니 귀신 상인들이 손뼉까지 칠 정도였다. 다리를 달달 떨며 이 순간이 꿈일 확률이 크다고 정신 승리하는 와중에 운영은 눈동자를 굴렸다. 그것 참 무서운 말이었다. 사천왕의 눈치를 보아 말을 순화했겠지만, 한을 품은 귀신들의 혼쭐이 그냥 혼쭐이겠는가. 몸서리치며 운영은 의자 등받이가 있는데도 한껏 뒤로 물러났다.

"인간들이 오지 않는 시간대에 장사해도 되지 않을까요? 밤이라면 그들도 발길을 끊잖아요."

"아휴 떡집 사장은 얼마 전에 여귀 농락하려던 술 취한 놈 얘기 못 들었어?"

양장점 사장님의 말에 운영은 괜히 더 미안해져 주눅 들었다. 그건 사람이 문제이긴 했다.

"목이님 말처럼 우리가 죽이면 그만이야!"

"아니 내가 언제 죽이라고 그랬어?"

양장점 사장의 말에 목이가 발끈했다.

"그 말이 그 말이죠. 그럼 가만히 농락당해요?"

"자자, 진정들 하시고. 다른 의견은 있으십니까?"

다들 한껏 예민해서 누가 의견을 내면 꼭 싸움으로 번졌다. 앞에서 회의를 이끌어가던 사람, 아니 귀신이 아주 피곤한 얼굴로 물었다. 아마 그가 귀신 상인회 상인회장 같았다. 몇 번이나 좌중을 진정시키느라 다크서클이 광대까지 내려온 게 보였다.

"저기……."

그때 뒷줄 구석에 있던 젊은 여자가 손을 들었다.

"네, 솜틀집 사장님!"

"위기는 기회라고, 사람 상대로도 장사하면 되지 않을까요?"

"그게 말이 돼? 귀신들의 노잣돈 벌어 먹고사는 귀신들이 돈도 안 되는 사람들 돈을 받아서 어디다 써먹어?"

양장점 사장님은 누가 말만 하면 다 반론했다.

"그러니까 수를 내야지요."

"그 수가 뭔데요?"

솜틀집 사장님의 말을 두둔하던 귀신에게 양장점 사장님이 되물었다. 딱히 그 수가 없어 두둔하던 귀신은 입을 다물었다. 운영은 문득 옆집 쑤 사장의 얼굴이 떠올랐다. 지금 왜 그녀가 떠오르는지 몰라 운영은 다시금 생각을 떨치려고 고개를 흔들었다. 목이 의아한 눈길로 운영을 쳐다봤다.

회의를 진행하던 귀신이 밖을 내다봤다. 어느새 밖은 붉은 노을이 내려앉고 있었다.

"벌써 시간이 이렇게 됐군요. 그럼 이 칠판에 적힌 회원님들의 의견을 추려서 다음 회의 때 투표하겠습니다. 앞으로의 일이 달린 건이니 충분히 생각해 보시길 바랍니다."

회의가 끝났다는 말에 귀신 상인들은 자리에서 일어났다. 저들끼리 이야기를 주고받느라 사무실은 다시금 소란해졌다. 무서워서 장사해야 하나 말아야 하나를 얘기하며 운영을 노려봤다. 접이식 철제 의자에 거의 끼어있다시피 앉아 있던 운영은 눈알을 굴려 분위기를 살폈다.

"사천왕이시여. 회의 내용에 대해 의견을 구합니다."

귀신 상인회 회장이 정중히 말하자 운영의 옆에 있던 사천왕이 앞으로 갔다.

"조금만 기다려. 금방 돌아올게!"

목이가 운영에게 말했다. 고개를 끄덕이긴 했으나 운영은 기다릴 생각 따윈 없었다. 당장 가게로 돌아가 담을 다시 쌓을 작정이다. 귀신이라니! 이곳은 정말 위험했다. 두눈으로 보고 겪었고 게다가 자신 때문에 다른 사람도 귀신들에게서 안전하지 않았다. 표독스러운 양장점 사장을 만나면 소리 소문도 없이 사라질지도 몰랐다. 그 전에 이 일의 원인인 운영이 먼저 사라질 테지. 할아버지도 위험하단 걸 알았기에 담을 쌓았고 저 국이란 귀신? 사천왕? 아무튼 담만 쌓으면 괜찮아질 거라 했었다.

　운영은 서로 이야기하는 데 열중한 사천왕의 눈치를 보다가 슬쩍 사무실을 빠져나왔다. 급히 계단을 내려와 건물 밖으로 나오자 보랏빛 하늘 아래 컴컴한 골목길이 보였다.

'벌써 시간이 이렇게 된 거야?'

정오가 지나서 왔고, 체감상 한 시간 정도 된 거 같은데, 벌써 저녁이었다. CCTV 업체서 사람이 오기로 했는데! 운영은 휴대폰을 꺼내 시간을 확인하려고 했지만, 휴대폰은 꺼져 있었다. 배터리가 없었나? 더욱 조급해진 마음에 운영은 걸음을 빨리했다.

돌아간 상인 귀신들이 저마다의 가게로 돌아가 문을 열었다. 셔터가 열리고 붉은 조명이 켜졌다. 조도가 낮은 간판 불이라도 저마다 켜지니 골목길에 내려앉는 어둠이 물러났다. 그 길을 가로질러 가는 운영은 뒤통수에 닿는 끈질긴 적의를 느꼈다. 갈림길에서 왼쪽으로 꺾으려는데 양장점 사장님이 가게로 들어가려다 고개를 내밀었다.

"혼자 돌아가는 거야?"

사무실에서 그렇게 싫어하는 티를 팍팍 내던 사장님이 말을 걸자 운영은 쭈뼛거렸다. 대답해야 하나? 말아야 하나?

"그 길이 아니잖아. 이쪽이라고."

툭 불거져 나온 눈이 오른쪽을 가리켰다. 장천 뒤만 졸졸 쫓아와서 길이 헷갈리긴 했다.

"감사합니다."

과격했던 사장님의 갑작스러운 호의에 사람을, 아니 귀신을 나쁘게만 생각한 자신을 꾸짖으며 운영은 고개를 숙여 인사했다. 그리고 알려준 길로 들어섰다.

|||||

   길은 끝없이 이어졌다. 아까는 이렇게 오래도록 걷지는 않았는데? 운영은 이곳저곳을 돌아보며 익숙한 길이 나오길 바랐다. 사위는 어느새 컴컴해졌고 가로등 불빛은 깜박였다. 축축한 바람에 회화나무 그림자가 흔들렸다.
   어디서부터 길을 잃었는지 가늠할 수가 없었다. 평소 사람이 다니는 길이었다면 어딜 가나 익숙한 길이 나올 터였지만, 저승길이라서 그런지 계속 사방이 낯설었다. 이러다 저승 끝까지 가는 게 아닐까? 그런 생각이 들자 운영은 걸음을 멈췄다. 그 끝이 어떤지 알 것 같았지만 동시에 알고 싶지 않았다.
   운영은 발걸음을 돌려 왔던 길을 되짚었다. 앞으로 계속 가기에는 인적없는 높다랗고 좁은 담벼락이 이어졌기 때문이다. 분명, 이 길목에 들어서기 전 깜부기불처럼 파르르 떠는 간판 몇 개가 보였다. 운영은 귀신 사장님이든 누구든 붙잡고 사천왕이 사는 길을 묻기로 했다.
   다시금 갈림길에서 지나칠 때 보았던 간판이 보였다. '고철인 보강소.' 고딕체로 적힌 간판을 보며 그 뜻을 몰라도 사방이 철제와 모터로 가득한 걸 보고 운영은 철을 다루는 곳이라 짐작했다. 뭐 간판 뜻이야 알 필요가 없다. 운영은 가게 앞에 철제로 만든 사각의 우리를 지나며 그것의 용도도 알 필요가 없다고 중얼거렸다. 반쯤 열린 가게 문에서 주황 불빛이 흘러나왔다. 운영은 새시로 된 미닫이문을 열었다. 아귀가 잘 맞지 않은 문이 요란한 소리를 내며 힘겹게 열렸다. 내부는 비릿한 철 냄새와 기름 냄새로 가득했다.

크지도 않은 내부 벽에는 온갖 장비와 도구가 진열되어 있었다. 녹이 슬거나, 손잡이 나무가 썩은 거나, 기름때가 잔뜩 낀 것들이 태반이라 주인장의 것임을 짐작했다. 톱날이 박힌 작업대를 지나면 선반에 다양한 전기톱, 여러 종류의 전깃줄, 전기 릴선이 보였다.

안쪽 책상에는 오래된 금고와 빈 의자만 덩그러니 있었다.

"계십니까?"

슬그머니 사장님을 부르며 내부를 살폈다. 현준이를 따라 여러 철물점과 자재상을 다녀서 공구들이 낯설지는 않았다. 부름에도 아무도 나오지 않았다. 운영은 계산대 뒤로 난 통로 저편에서 반짝반짝 빛이 나는 걸 발견했다. 주위를 흘깃 살피다가 통로 안으로 들어갔다. 어둑한 통로 끝에 가게 내부처럼 낮은 조명의 불빛이 있었고 구부정하게 선 노인의 등이 보였다. 작업실인 듯 가죽 앞치마를 한 노인은 무언가를 용접했다.

  반짝반짝 용접봉에서 불꽃이 일었다. 저도 모르게 그 빛을 보는 바람에 눈이 부셔 표정을 일그러트렸다. 아직도 잔상이 묻어나 눈을 비비는데 철제 선반에서 쾅쾅쾅 하는 큰 소리가 들렸다. 운영은 눈을 가느스름하게 떴다. 번지는 빛무리 사이로 선반 위에서 뭔가 팔딱거리는 게 보였다.

  "저기 실례합니다. 뭣 좀 여쭤볼 것이……."

  용접이 멈추지 않자 눈살을 찌푸린 운영은 다시 사장님을 부르려고 하다가 입을 다물었다. 간신히 빛무리가 사라지고 나서야 움직이는 발을 본 것이다. 분명 사람 발이었다. 운영의 목소리에 용접을 멈춘 노인이 보안경을 들어 올리며 그녀를 돌아봤다.

  제멋대로 뻗친 흰 머리카락 아래에 두 눈동자는 없었다.

  "허억!"

  너무 놀란 운영은 뒤로 물러나다가 벽에 부딪혔다. 시선이 노인 뒤 선반 위로 옮겨갔다. 쭉 뻗은 다리와 가른 배를 겸자로 고정한 상체. 그 안에는 창자 대신 검은 기름을 닦아낸 철제가 있었다. 운영이 더 놀란 건 그 이후였다. 선반에 누워 있던 이가 고개를 불쑥 들더니 운영을 보고는 비명을 내질렀다.

  "꺄아악! 뭘 훔쳐보는 거야?"

"으아악! 죄송합니다!"

너무 큰 충격에 아무 말이나 내뱉으며 운영은 뛰었다. 선반 모서리에 여기저기 찧으며 가게를 뛰쳐나왔다. 그리고 무작정 달렸다.

|||||

훌쩍훌쩍. 너무 놀라 한참을 달린 운영은 점점 더 자신이 선 곳이 어딘지 몰라 결국 울음을 터트렸다. 이곳에서 빠져나가지 못할 거란 공포에 사로잡힌 채 아이처럼 엉엉 울었다. 대체 왜 이 지경이 된 건지, 그깟 담 하나 부순 것이 이렇게 저승길을 헤매다가 죽어야 할 만큼 나쁜 짓인지, 억울했다. 온갖 생각에, 온갖 나쁜 감정을 느끼며 걸었다. 점점 발걸음이 무거워졌다.

그때, 저벅저벅. 묵직한 발소리가 들렸다. 고개를 번쩍 든 운영은 뒤를 돌아봤다. 어둠뿐인 골목길 끝에서 누군가가 오고 있다. 놀란 운영은 다시 뛰기 시작했다.

'사람이라면 아주 혼쭐을 내야지요!'

운영을 바라보며 짓씹듯 말하던 양장점 사장님이 떠올랐다. 소름이 돋았다. 자신이 그 대상이 되다니. 어떤 혼쭐이든 상상의 나래가 펼쳐져 더욱 마주치기 싫었다. 운영이 뛰니,

뒤따라오는 것도 덩달아 뛰었다. 그것이 운영의 존재를 알고 있다. 저 멀리 불빛이 보였다. 그 가게가 무슨 가게인지 확인할 겨를도 없이 운영은 문을 열고 들어갔다.

향냄새가 먼저 운영을 반겼다. 창백한 빛의 백열등 밑으로 나열된 선반에 투명한 비닐에 쌓인 불상과 호랑이에 탄 신선, 동자들 조각이 진열돼 있었다. 다른 선반에는 각종 무구, 다음 선반에는 책자, 초와 촛대가 보였다. 운영은 다급한 걸음으로 커다란 괘종을 지났다. 천장에 걸린 탱화들에 고개를 숙이며 계속 앞으로 나아갔다.

문득 몹시도 이 상황이 낯익다는 느낌이 들었다. 그 어떤 기척도 없는 적막한 창고에 홀로 남겨진. 기억이 날 듯 말 듯 할 때 드르륵! 가게 문이 열렸다. 힐끗 뒤를 보니 '불교용품점'이라는 붉은 궁서체 글씨 옆에 검은 그림자가 보였다. 여기까지 쫓아오다니 위험했다.

운영은 칼과 창, 월도 같은 각종 무기를 덮은 비닐을 조심스럽게 걷고 그 사이로 들어가 앉았다. 비닐이 눈앞을 가렸고, 쿵쾅쿵쾅 뛰는 심장 소리에 금방이라도 들킬 것만 같아 아득해졌다. 내뱉는 숨소리마저 불안정했다.

'아, 이 느낌!'

두려움이 온몸을 지배하자 왜 이곳이 낯익은지 깨달았다. 이곳은 할머니네 지하 창고와 비슷했다! 비닐로 싸인 각종 물건이 즐비했고 그 틈바구니에서 두려움에 한참이나 울어 대던 여덟 살의 그때가 떠올랐다.

갖고 놀던 공이 지하로 굴러 들어갔다. 그걸 가지러 들어 갔을 때 등 뒤로 문이 닫혔다. 한 줌 빛만이 들어오는 공간 속에서, 온통 키 높이 쌓인 물건들 틈에서, 무언가가 튀어나 올 것 같아 자지러지게 울며 문을 밀어봤으나 문은 꿈적도 하지 않았다. 엄마를 애타게 불렀다. 살려달라고 소리쳤다.

'그 이후에 어땠더라?'
부스럭. 그것이 어기적대며 이곳저곳을 기웃거렸다. 숨어 있는 운영을 찾는 것처럼. 검은 그림자가 운영의 앞을 지날 때면 그녀는 숨을 참았다. 조명에 드러난 그것의 얼굴이 보였다. 운영은 두 눈을 크게 떴다. 분명 아까 상인회 사무실에서 국이 집어 던진 남자다.
'아니 어떻게 여기까지 쫓아왔지?'
그는 흐리멍덩한 얼굴로 주위를 살피다가 코를 들어 냄새를 맡았다. 아주 잠깐 저 남자한테 길을 물어볼까 싶었으나 냄새까지 맡는 모습에 등줄기에 소름이 돋았다.

저 남자는 좋은 생각으로 운영을 쫓아온 게 아니라 다시금 어깨 위에 올라서려고 그녀를 찾았다. 그래서 그동안 어깨가 빠질 것처럼 아팠었구나. '대체 왜?'라는 생각도 들었고 그동안 제 어깨 위에서 군림했을 걸 생각하면 화도 났다. 그렇다고 대놓고 화를 낼 수도 없는 처지라 그냥 남자가 자신을 찾지 못한 채 떠나길 간절히 바랐다.

그런 운영의 눈에 맞은편 선반 위, 월도를 든 우락부락하게 생긴 긴 수염의 신장 조각상이 보였다. 한 뼘 정도 되는 작은 조각상 앞에 주의 문구가 적혔다.

재액 방어 주구(경고: 자칫 두 동강이 날 수 있으니 만지지 마시고 주인장을 부르시오)

남자가 저만치 가자 운영은 비닐을 조심스레 걷어냈다. 조심히 했어도 부스럭거리는 소리가 크게 들렸다. 한번 눈치를 보고 그쪽으로 향했다. 재액 방어 주구가 뭔지 잘 모르겠지만, 경고가 참 마음에 들었다. 어쨌거나 누구든 두 동강을 내겠다는 말이었으니까.

운영은 조각상을 집었다. 두 손으로 감싸고 조각상을 살폈다. 어떤 버튼을 누르면 요란한 소리가 난다든가, 숨겨진 칼날이 있을 수도 있었다. 요리조리 살피면서 남자가 간 곳을 흘깃거렸다. 그 순간 칙칙한 불빛 아래 번뜩이는 눈과 마주쳤다. 남자는 천장에 걸려 바닥에 끌리는 탱화 뒤에 숨어서 이쪽을 보았다. 저를 보며 두려움에 떠는 운영을 보고 그는 히죽 웃었다.

그때 손안에서 신장 조각상이 꼼지락거렸다. 운영은 놀라 그것을 떨어트렸다. 데구루루. 묵직한 돌덩이 소리가 바닥을 울렸다. 서로의 시선이 조각상을 향했다. 착각이 아니었다. 바닥에 엎어진 신장 조각상이 스스로 힘겹게 일어났다. 관복을 탁탁 털더니 운영과 남자를 번갈아 봤다.

신장 조각상이 월도를 허공에서 휙휙 돌렸다. 원을 그리며 돌던 월도의 끝이 남자에게로 향했다. 그러니까 신장 조각상 입장에선 제 몸보다 몇십 배나 큰, 거대한 남자 귀신을 향한 것이다. 발길질 한 번이면 저 멀리 날아갈 것 같은 신장 조각상은 기합을 넣었다. 그리고 그 작디작고 짧은 다리로 남자를 향해 달렸다.

히죽. 남자는 그 모습을 보고 비웃었다. 그리고 예상대로 조각상을 걷어차려고 했다. 신장 조각상이 눈앞에 드리운 그림자를 향해 월도를 휘둘렀다. 서걱이는 소리와 동시에 남자는 바닥에 쓰러졌다. 너무도 순식간이라 남자의 오른발이 잘려 나간 걸 뒤늦게 발견했다. 그 사이 비명을 내지르는 남자 몸 위로 뛰어 올라간 신장 조각상은 긴 수염을 휘날리며 월도를 크게 내리그었다.

"어억……."

소리 지르던 남자의 머리가 입을 크게 벌리고 대리석 바닥에 떨어졌다. 데구르르. 그 머리가 운영의 발밑까지 굴러왔다. 끔뻑이는 남자의 눈과 시선이 얽혔다. 벌어진 입에서 비명 대신 바람 소리만이 들렸다.

"으아악!"

두 동강이 이런 두 동강이었는지 생각도 못 한 운영은 비명을 지르며 가게에서 도망쳤다.

‖‖‖‖

"가게 이름이 왜 산티아고 데 콤포스텔라야?"

언젠가 선주가 물었다.

운영은 인생이 잘못되었음을 깨달았을 때 어떻게 해야 하는지, 자신 같은 사람들은 어떻게 헤쳐 나갔는지 인터넷을 검색해 봤다. 그때 눈에 띈 게 산티아고 순례자의 길이었다. 많은 사람이 산티아고의 순례자의 길을 걸으며 철학적 질문을 스스로에게 했다고 한다. 고된 걸음 끝에 마침내 그 답을 찾은 사람도 있을 테고, 찾지 못한 사람도 있을 터였다. 많은 이들의 이야기를 보면서 언젠가 자신도 그곳으로 가 왜 실패했는지, 어떤 부분에서 어떻게 잘못됐는지를 스스로에게 묻고 싶었다.

그래서 그 여정의 한 곳인 산티아고 데 콤포스텔라의 이름을 커피숍 이름으로 정했다. 앞으로 자신이 가야 할 곳이라는 걸 잊지 않기 위해.

끝없는 저승길을 걸으며 운영은 많은 생각을 했다. 대부분 안 좋은 쪽이었지만, 산티아고 길을 걷지 않아도 철학적 질문을 했다.

후회 없는 인생을 살겠다고 했으나 마음속 한편에 온통 후회로 가득했다. 그저 말로 그 감정을 지운 것이었다. 후회하지 않는다고 그동안 스스로를 속였다. 앞으로도 계속 그러겠지. 그럼 앞으로는 어떻게 해야 할까?

그러나 저승길에서의 깨달음은 달랐다. 확실한 건 길은 끝이 없을지언정 생은 곧 끝일지도 모른다는 거다.

점점 희망이 사라지는데도 불구하고 거의 마지막 희망으로 건물 사이 틈을 파고들기로 작정했을 때, 언젠가 인터넷 뉴스에서 본 기사가 떠올랐다. 순례자의 길에서 숨을 거둔 사람의 시신을 발견했다는 내용이었는데 곧 자신도 그리될지 모른다고 생각하니 서글픔보다 그 사람은 죽는 순간 무엇을 생각했을지 궁금했다. 기뻤을까? 슬펐을까? 종교적으로 본다면 구원을 받았을까?

'그리고, 나는?'

담 너머에서 검은 그림자가 운영에게 손을 뻗는 순간, 이

대로 우울한 채 죽고 싶지 않았다. 악착같이 살고 싶었다. 개똥밭에 굴러도 말이다! 오로지 그 생각만이!

"내 몸에 손대지 마! 물어뜯어 버릴 거야!"

눈앞에 있는 손을 향해 치아를 맞부딪혔다. 다시 뒷걸음치며 다른 길을 찾으려 했다. 길이라면 널리고 널렸으니. 살고자 하면 살아야지!

그러자 건너편에서 당황하는 목소리가 들렸다.

"아, 아니! 잠깐만. 진정해. 당신 사람 맞지? 나도 사람이야! 내가 그곳에서 나오게 도와드릴게요. 내 손 잡아요!"

그러니까 이 생각의 결말은 그곳이 어디든, 구원은 어디에나 있다는 것이다.

생명줄과도 같은 여자의 가녀린 손을 잡고 담을 넘고 나서 물속에 있었던 듯 가쁜 숨을 한참 동안 쉬었다. 여자가 물대접을 건넸다. 차가운 물을 들이켰다. 이제는 살았다고 생각하는 운영에게 여자의 날카로운 목소리가 들렸다.

"아니 결계가 깨졌다지만, 이렇게 사람이 헤맬 정도로 망가졌던 거야? 내가 새벽 치성을 드리지 않았으면, 그 안에서 소리가 들리지 않았으면 어쩔 뻔했어?"

'그랬다면 혼자 담을 넘었겠죠.'

작은 한옥집 대청마루에 앉은 운영은 대문가에 세운 깃대를 봤다. 여명이 스며드는 허공에 붉은색 천과 하얀색 천이 흔들리고 있다. 무속인 집임을 알리는 표시였다. 그래서 저렇게 얘기하고 저승길을 내다볼 수 있었구나.

운영은 새벽하늘을 보며 중얼거렸다.

"벌써 하루가 지났나? 여긴 어딘가요?"

"맞은편이 녹산문고야."

"그렇게 헤맸는데 남문이라고요? 상인회 회의 갔다가 행궁동에서 길을 잃었거든요. 아, 저도 저기가 저승길인지 알아요. 저 때문에 결계가, 가게 준비하다가 담을 허물었는데 그게 결계를 부순거라면서……."

두서없이 눈앞의 여자에게 그동안 있었던 일들을 나열했다. 가만히 있던 여자가 방으로 들어갔다가 나왔다. 그녀가 명함을 내밀었다. 하얀색의 명함에 '백호선녀 강연'이란 이름과 핸드폰 번호가 적혀 있다.

"그나마 다행이야. 저승길은 여러 겹 겹치고 얽혀 어쩌면 알지도 못하는 머나먼 나라서 발견됐을 수도 있었을 테니. 일단 자네는 저승길에서 고생했고 귀신도 탔으니 앞으로 위험한 일들이 생길지도 몰라. 차라리 이사 가는 게 나을 거야."

그 말에 정신이 번쩍 들었다. 두려움에 잊고 있던 현생이 떠오른 것이다.

"이사요? 하지만, 아직 가게 시작도 안 했고 가게 한다고 그동안 모은 돈이랑 대출받은 돈도 다 거기에 들어갔는걸요."

게다가 무작정 나간다면 엄마가 뭐라고 할지. 귀신 때문에 시도도 하지 못하고 도망친다는 걸 어떻게 말할까. 어디선가 엄마의 코웃음 소리가 들리는 듯했다.

"돈에 관해선 내가 뭘 어떻게 해줄 순 없지. 관상을 보면 그렇게 없지는 않은데. 일단 오늘은 내가 일이 있으니 주소 남겨주면 일이 끝나자마자 내가 가서 할 수 있는 일이 있는지 봄세. 그동안 가서 좀 쉬어. 꼴이 말이 아니야."

운영은 고개를 끄덕였다. 너무도 피곤해서 그냥 눕고만 싶었다.

|||||

운영은 강연이 불러준 택시를 타고 집에 왔다. 제법 사위는 밝아져서 활기찬 새소리가 사방에서 들렸다. 대문 등이 켜져 있었다. 자신이 켜고 갔는지 어땠는지 기억나지 않았다. 그저 문을 열고 안으로 들어가 2층 방으로 갔다. 반쯤 감긴 눈으로 겨우 침대를 찾고 그 위에 누웠다. 그리고 그다음 기억은 없었다.

우애앵. 으아앙.

저 멀리서 누군가가 울었다. 쿵쿵 문을 두드리다가 바스락거리는 비닐 소리에 소스라치게 놀라 구석으로 달려가는 작은 발소리가 들렸다. 투명한 비닐 너머로 검은 그림자가 보였다.

'나를 찾고 있어! 잡아서 나를 잡아먹으려고!'

두려움에 심장이 쿵쾅쿵쾅 뛰었다. 그 소리가 얼마나 큰지 그림자가 알아챘다. 뼈만 남은 손이 이쪽으로 뻗어왔다. 눈을 질끈 감았다.

쿵! 그때 굳게 닫혔던 지하실 문이 활짝 열렸다.

"운영아!"

그곳에 엄마가 서 있었다. 매일 단정히 빗어 묶은 머리카락은 산발이 되었고 사색이 된 얼굴이었다. 비닐 속에서 아이가 뛰어나갔다. 그 품에 안겼다.

따뜻한 손길이 머리카락을 쓰다듬었다. 운영은 질끈 감았던 눈을 떴다. 햇살이 가득 번지는 방과 머리맡에 앉아 있는 엄마의 얼굴이 보였다.

"엄마?"

"그동안 어디를 갔었길래 이렇게 꼬질꼬질해?"

너무도 부드럽고 따뜻해서 아, 이것도 꿈이구나 싶었다. 눈꺼풀은 묵직했고 엄마의 모습은 가물거렸다.

"아주 많이 헤맸어. 가까이에서 길을 잃었거든. 한참을."

"그래서?"

오, 왜가 아닌 질문이었다. 색다르기도 해서 키득키득 웃음이 나왔다.

"살아야겠다고 담을 넘으려 했는데 누가 도와줘서 수월하게 넘었지."

"많이 힘들었겠네. 그리고?"

"그리고? 킥킥킥. 그리고 집에 돌아왔지."

"잘했어."

운영은 머리카락을 쓸어내리는 부드러운 손을 붙잡았다. 눈물이 났다. 정말 잘했다는 확신을 주는 말이었다. 내내 그 말을 듣기를 바랐던 것 같았다.

|||||

꿈이 아니었던가? 한참 자고 일어났더니 어느덧 오후의 햇살이 늘어지고 있었다. 뜨거운 물로 씻고 1층으로 내려오니 엄마가 창가에 앉아 책을 읽고 있었다. 운영의 기척에 고개를 든 엄마는 안경을 벗었다.

"다시 시간 잡아서 어제 씨씨티브이 업체에서 와서 설치했고 현준이랑은 지하실도 정리했다. 페인트칠 싹하고 인테리어도 좀 하면 거기에도 손님 받을 수 있겠더라. 계단 밑에 지하실로 가는 문 있는 거 알지?"

"지하실? 거기는 왜?"

"혹시나 해서 거기 가서 여기저기 헤집다 보니."

"왜?"

"이번엔 네가 왜라고 묻는구나. 나보고 왜라는 말밖에 하지 않는다며 뭐라고 하더니만. 네가 다 내팽개치고 가출한 게 자그마치 사흘이야. 걱정 안 되겠니? 어릴 때도 하지 않은 가출을 서른에 다 하고. 현준이한테 연락받고 어찌나 놀랐는지. 네가 또 지하실에 갇혔을까 봐 확인하러 물건들 다 꺼냈다가 그렇게 됐다."

"사흘이라고? 하루가 아니라?"

강연의 말처럼 거리가 겹쳤다면 시간도 가늠하지 못할 가능성이 있었다. 엄마의 시선에 사실을 말할 수 없는 운영은 어물거렸다.

"그건 가출은 아니지만."

꿈이었던 것도 다 진짜였던가? 괜히 머쓱해져서 운영은 머리를 긁적였다. 부드럽게 쓸어내리는 엄마의 손길이 느껴지는 듯했다.

"밥 차려놨으니 먹고. 오늘은 푹 쉬고."

엄마는 가방을 챙겨 들었다.

"아직도 돈 들어갈 일 많던데 돈 필요하면 엄마한테 얘기하고. 그게 아니더라도 힘들면 엄마 불러!"

문을 나서며 엄마가 한마디 더 했다. 운영은 꼭 그러겠다며 고개를 끄덕였다.

|||||

엄마가 돌아간 후 운영은 서랍 깊숙이 넣어두었던 부적을 꺼냈다. 국이가 준 새로운 부적이었다. 그걸 주머니에 넣고 운영은 뒷마당으로 갔다. 그 앞에 있던 현준이 운영을 돌아봤다.

"벽을 다시 쌓는다고? 아쉽지 않겠어?"

"응. 아무래도 위험해서 안 되겠어. 생각 같아선 아주 높게 올리고 싶은걸."

"그건 무리고. 허술하게 쌓아 올렸던 것이었기에 부수는 건 쉬웠지만, 다시 쌓는 건 너 혼자 못 해. 몰탈 작업도 중요하고 줄을 띄워 수평, 수직을 맞춰야 하거든. 전문가가 해야지. 자재 준비해서 어르신들과 해줄게. 잠깐, 전화해 보고 스케줄 잡아볼게."

현준은 전화하러 가게로 갔다. 홀로 남은 운영은 발끝에 차이는 벽돌을 구석으로 밀었다. 괜히 부숴서 못 볼 거 보고 고생만 잔뜩 하고. 입술을 삐죽이는데 골목에서 국이 고개를 내밀었다. 운영은 화들짝 놀랐으나 곧 원망스러운 눈으로 그를 바라봤다. 그는 크게 안도의 한숨을 내쉬었다.

"대체 혼자서 어딜 갔던 겁니까? 저희가 기다리라고 하지 않았습니까. 한참을 찾았습니다."

"그 이유를 먼저 말해줬어야죠! 저승길 함부로 다녔다가는 위험하다고! 그리고 괜찮냐고 묻지도 않아요? 내가 거기서 어떤 일을 겪었는데!"

"네, 대충 들었습니다. 가게 사장님들이 운영 씨가 갑자기 들이닥쳐 물건을 사용했다고 화를 내셨거든요. 차라리 그곳에 있었다면 곧 저희에게 인계되었을 텐데요. 뒤늦게 그 뒤를 쫓았지만, 어찌나 발이 빠르던지 사라졌다고 하더라구요. 그래서 다시 담을 쌓으려고 하십니까?"

"네! 도무지 무서워서 이대로 못 있겠어요."

그 말에 국은 어깨를 으쓱였다. 처음 봤을 때 다시 담을 쌓으라고 말하던 인물이 어째 뚱한 표정이었다. 얼씨구나 좋다고 할 줄 알았는데.

"이해합니다. 운영 씨가 볼 땐 귀신들이 무서울 수도 있죠. 운영 씨 할아버지도 그랬답니다. 이곳에 입구를 내고 계단을 설치했을 때 그도 이곳이 저승길이었는지 몰랐어요. 결계를 넘을 수 있는 귀신들이 매일같이 그 계단으로 가서 문을 두드렸고 그 이후에 이곳이 어떤 곳인지 자세히 알게 됐지요. 호기심도 많고 친절하기도 하고 해서 저희가 꽤 좋아했답니다. 아시다시피 여긴 사람이 오가지 않던 곳이니까요. 그래서 저희가 이곳저곳을 데리고 구경시켜줬지요. 하지만 어느 날 혼자 돌아다니지 말라는 경고에도 혼자 나섰다가 그는 저승에서 길을 잃었습니다. 겨우 찾았을 때는 저희를 두려워했고요. 그래서 운영 씨도 곧 그럴 거라 여겼어요."

할아버지도 자신과 같은 일을 겪었다는 말에 운영은 놀랐다. 그런 일을 아무에게도 말하지 않은 것도. 하긴 말한들 그 누가 믿어줄까? 지금에야 운영이 믿겠지만.

'할아버지 때문에 사천왕이 내게 처음부터 친절히 대해주었구나.'

국이의 '내 그럴 줄 알았지'란 말이 기분 나쁠 법한데 무척 씁쓸해하는 표정이라 운영은 고개만 끄덕였다.

"그럼, 잘 가십쇼. 잘 사시고."

"네. 뭐, 그쪽도 잘 사세요."

"우리야, 뭐 살던 대로 살겠죠."

피식 웃던 국이 운영의 뒤를 보았다. 그곳에 언제 왔는지 백호 선녀 강연이 서 있었는데 뭐에 놀란 듯 입이 떡 벌어졌다. 그러다가 국과 눈이 마주치자마자 그 자리에서 엎드려 절했다.

"아이고 사천왕이시여! 저 백호 선녀 강연이 인사드리옵니다."

강연의 절에 국이는 눈살을 찌푸렸다.

"저분이 절 구해줬어요. 귀신 탔다는데 이사 갈 돈은 없으니 저분께 도움을 좀 받으려고요."

"운영 씨! 자, 잠깐 나 좀 볼 수 있을까?"

강연이 운영을 다급하게 불렀다.

"그럼, 이만."

이제는 헤어질 때라 여겼는지 국이 인사했다.

"이제 다신 못 보겠네요. 이렇게 가니 목이와 다른 분들께 대신 인사 전해주세요."

담이 쌓이면 골목길 사거리에서 수다 떠는 그들의 목소리가 더는 들리지 않을 것이다. 조금은 아쉬웠다. 그 말에 국이 다시 피식 웃었다.

"언젠간 또 보긴 할 겁니다."

그 말을 끝으로 그는 돌아서서 갔다. 그 뒷모습을 보던 운영은 못마땅한 표정을 지으며 강연에게 다가갔다.

"마지막 하는 말 들었어요? 진짜 끝까지 재수 없지 않아요? 나 죽으면 다시 보자는 말 아녜요? 아니 바른말만 한다고는 하지만 헤어지는 마당에 좀 더 좋은 말을 해줘도 모자를 판에…… 근데 왜 그러세요?"

투덜거리던 운영은 강연의 얼굴을 보고 물었다. 그동안 하고픈 말들을 참았는지 숨까지 참는 듯했다. 못 참겠다며 강연은 말들을 쏟아냈다.

"저분은 저승의 동방을 관장하는 신으로 아주 무서운 분인데 운영 씨는 입조심하는 게 좋을 거야. 손짓 한 번에 당장 저승길로 불려 갈 수도 있으니까."

강연의 말에 귀신 상인들이 그들을 사천왕이라 존대하며 부르거나, 국이 싸늘한 눈초리로 불만 어린 입들을 다물게 한 게 떠올랐다. 어느 정도 신분이 높을 거라 짐작했지만, 이렇게 벌벌 떨며 말할 정도면……. 운영은 절로 목이 움츠려졌다.

"그런데 저런 대단한 분이 운영 씨를 꽤 마음에 들어 하는 게 보이거든. 보았나? 자넬 보며 웃었어!"

"잘못 보신 거 같은데 그건 비웃음……."

"듣자 하니 자네 사천왕과도 친분이 있는 듯한데, 그들의 가호라면 담 따윈 쌓을 필요가 없을 것 같아."

"저분들이 왜 저를 지켜줘요."

"저분들의 한마디면 귀신들이 어디 넘볼까. 내가 얘기했잖아? 담을 쌓는다 해서 깨진 다른 결계가 다 메워지는 게 아니라고."

목이도 같은 말을 했었다.

"하지만 국 씨는 단호하게 여기만 막으면 된다고 했는걸요."

"이사 갈 돈도 없다면 부탁 한 번으로 안전해지는 게 더 수월하지 않겠어?"

그건 그렇지만. 부모님께 손 벌리는 것도 싫었고 대출 이자도 무섭긴 했다. 부탁 한 번으로 뒷문으로 들어오려는 귀신을 막을 수만 있다면 안전하게 가게를 운영할 수 있다. 안전하게. 열린 대문으로 활기차게 들어오는 손님들이 눈에 선했다.

'응?'

할아버지가 문을 만들자 귀신들이 문을 두드렸다는 국의 말이 생각났다. 뒷문으로 들어오는 귀신들.

'위기는 기회라고, 사람 상대로도 장사를 하면 되지 않을까요?'

'그게 말이 돼? 귀신들의 노잣돈 벌어 먹고사는 귀신들이 돈도 안 되는 사람들 돈을 받아서 어디다 써먹어?'

솜틀집 사장님의 발언과 양장점 사장님의 앙칼진 목소리가 연이어 떠올랐다. 운영은 저승을 상대로, 그러니까 귀신을 상대로 커피를 판매하는 걸 생각해 봤다. 안전만 하다면 저승길에서 장사하는 건 나쁘지 않았다. 이승과 저승 양쪽 다 수용할 수 있으니 수익이 날 것이다. 불가능한 생각도 아니었고.

"그러니까 수를 내야지요."

그렇게 중얼거린 운영은 옆집을 봤다. 대박 환전소! 이것은 운명이자 기회였다.

"감사해요!"

운영은 강연의 손을 잡고 인사했다. 운영은 뒷마당으로 갔다. 그리고 허물어진 담 앞에서 잠시 멈칫거렸다. 이걸 넘으면 다시 후회할지도 몰랐다. 저승에서 강연의 손을 잡고 담을 넘었을 때, 오로지 한 가지 생각만 했다. 미래가 아닌, 당장 무엇을 하고 싶은지였다. 살고자 담을 넘었고 지금도 그 연장선이다. 더는 생각하지 않고 운영은 자신을 가로막는 담을 넘었다.

멀지 않은 곳, 골목집 앞에 사천왕이 앉아 있었다. 운영은 그곳으로 달려갔다.

"운영아! 너 괜찮아? 내가 널 괴롭히는 것들 잡아내서 죽여버릴게!"

"목이, 진정하게. 안 그래도 자네 얘기를 하고 있었네. 그래도 그냥 보내는 것보다 모두 얼굴 보고 인사하는 게 좋을 것 같으니."

목이와 문이 운영을 반갑게 맞았다.

"안녕하세요."

운영은 모두를 보며 인사했다. 국이가 의문스러운 눈초리로 운영을 쳐다봤다. 운영이 피식 웃었다.

"언젠간이 지금일 줄은 몰랐죠?"

어흐흑. 장천은 손수건을 꺼내 눈물을 찍었다.

"장천은 신경 쓰지 마. 널 괜히 상인회에 데려갔다는 자책으로 몇 날 며칠 저러고 있었으니까. 정말 그 일 때문에 담쌓는 거야? 그거 소용없다니까."

운영은 목의 말에 고개를 끄덕였다.

"맞아요! 목이가 얘기한 것처럼 결계가 여기저기 부서졌다면서요? 담쌓는 것만으로는 해결이 안 돼요."

"일단 지켜보다가 새로운 곳에 저승길을 만드는 것도 나쁘진 않겠다고 생각 중입니다."

"그런 짓을 혼자 생각하지 마! 천년의 내공을 쏟아부어도 만들까 말까인데."

목이 중얼거렸다. 국은 그 말을 무시했다.

"그나저나 왜 온 겁니까? 인사는 마치지 않았습니까?"

"이별이 안타까워서 어쩔 줄 몰랐으면서 솔직해지세요."

"누가 대체……."

"좋은 사람이었던 할아버지랑 그렇게 헤어져서 아쉬웠잖아요. 그래서 절 만났을 때 설레었고, 저도 할아버지처럼 당신들을 두려워하는 게 서글펐고!"

"아니 막 있지도 않은 애길……."

"저도 가고 싶지 않아요! 이 집을 팔고 싶지 않고 여기서 망하고 싶지도 않아요. 이렇게 쉽게 또 좌절하고 후회하고 싶지 않아요."

국은 귀찮은지 찌푸린 이맛살을 문질렀다.

"지금 저승길을 헤매서 제정신이 아닌 거 같은데, 다른 경로로 귀신이 해코지할까 봐 무섭다면 그것에 대한 건 우리가 해결해 줄 테니……."

"네! 그거예요! 저한테 이 문제를 해결할 방안이 있어요. 그런데 저 혼자 못 해요. 사천왕의 도움이 필요해요!"

운영은 의기양양하게 그들을 바라봤다.

||||

'대박 환전소.'

쑤 사장은 퇴근 시간에 갑자기 쳐들어온 운영을 못마땅하게 쳐다봤다. 운영은 쑤 사장의 맞은편에 앉아서 환전소 내부를 둘러봤다.

"사장님, 요즘도 환전하러 오시는 고객분이 없나요?"

손을 만지작거리던 쑤 사장은 운영의 뒤에 선 젊은 남자를 흘깃거렸다. 마음 같아선 운영을 당장 쫓아내고 싶었으나 남자가 불만 가득한 표정으로 팔짱을 낀 채 가만히 있으니 쑤 사장도 가만히 있어야 했다. 그의 뒤에 광채가 나는 것이 아무래도 저승의 높으신 분 같았다. 그 존재만으로도 어마어마한 힘이 느껴져 숨조차 잘 쉬어지지 않았다.

쑤 사장은 처음부터 저승길의 존재를 알고 있었다. 대대로 신을 모시는 집안에서 자란 그녀는 가업을 잇는 대신 궁핍함에서 벗어나고자 한국으로 왔다. 지인이 소개해 준 치킨집에서 일하면서 돈을 모아 환전소를 열었다. 그렇게 온몸에 찌드는 기름 냄새에서 벗어났다. 겨우 얻은 가게 뒤로 저승길이 있어 찝찝했으나 굳건한 결계가 있으니 모른 척 지내다 보면 곧 중국으로 돌아가리라 생각했다.

그런데 이 눈앞의 여자가 담을 부수더니, 대뜸 높은 분을 데려와서 하는 짓이.

절그럭. 운영은 책상 위에 준비해온 노잣돈을 내밀었다.

"여긴 사람 돈을 취급하지, 노잣돈은 필요 없는데."

"역시! 귀신 보이시죠! 그러면 얘기가 빠르겠어요. 이거 저만 좋은 게 아니에요. 사장님한테도 좋은 얘기라고요. 잘 들어보세요. 제가 귀신을 상대로 장사하기로 마음먹었고, 귀신 사장님들도 사람 상대로 장사하려면 노잣돈, 사람 돈을 환전하는 곳이 필요하지 않겠어요? 사장님의 능력이면 이곳은 유일무이한 노잣돈 환전소가 될 거라 장담합니다. 제가 제안

하는 건 노잣돈 이에 사람돈 일, 반대로 귀신 사장님들이 사람 돈을 노잣돈으로 환전할 때는 같은 이자를 붙이시고요. 이렇게 하면 사장님도 어느 정도 융통시키고 버시지 않겠습니까?"

2대1로 한다면 쑤 사장은 수수료 백 퍼센트의 이득을 챙기는 것이다. 유일한 노잣돈 환전소가 될 테니 나쁘지 않은 제안이었다. 게다가…… 가만히 노잣돈을 보던 쑤 사장은 뒤의 남자를 다시금 봤다. '거절은 거절한다'라는 표정이다.

'젠장, 기어이 엮이는구나!'

|||||

왁자한 소리가 2층 복도까지 들려왔다. 운영은 땀에 젖은 손을 옷에 문질렀다. 심호흡을 하자 앞서던 국이 그녀를 돌아봤다.

"기세 좋게 도와달라던 사람 어디 갔습니까?"

"죽지 않겠다는 생각에 저지르긴 했는데 무서운 건 어쩔 수 없네요. 저 많이 쫀 거 티 나요?"

"얼굴이 허연 게 사람처럼 안 보이니, 걱정하지 않아도 될 것 같습니다."

"응원 참 감사하네요."

입술을 삐죽이다 운영은 다시금 심호흡했다. 좋아하는 작가님의 차기작 기획안을 올린다고 생각하자! 어떻게든 출판이 되게끔 설득하는 거 수도 없이 했었다. '어찌 보면 대표님급의 존재들이 이미 내 편 아니던가!' 그럼 끝난 거지. 그렇게 생각하니 마음이 좀 편해졌다.

운영은 국을 따라 사무실 안으로 들어갔다. 첫날과 마찬가지로 운영의 등장에 소란이 잦아들었다. 오늘은 투표하는 날로 사천왕은 그 전에 운영에게 특별히 발언 기회를 줬다. 운영은 마른침을 꼴깍 삼켰다. 국이 자리에 앉자 운영은 칠판 앞에 섰다. 그리고 분필로 뭔가를 적었다.

'사람과 귀신 상인의 상생 프로젝트!'

뒤에서 콧방귀 소리가 크게 들렸다. 누군지 보지 않아도 알 수 있었지만, 운영은 미소를 지으며 돌아섰다.

"안녕하십니까? 여운영입니다. 커피숍 '산티아고 데 콤포스텔라' 사람 상인으로서 이 자리에 섰습니다. 저는 결계를 부순 제 실수를 인정합니다. 그래서 저승길이 위험해진 것도 정말 죄송하게 생각합니다. 그건 정말 고의가 아니었어요. 그 책임을 통감하기에 저는 이 일의 해결책을 제시하려 이 자리에 섰습니다. 일전에 솜틀집 사장님께서 제안하신 말씀에 착안했습니다. 위기는 기회! 사람 상대로도 장사를 하면 되지 않을까요?"

양장점 사장은 참지 못하고 버럭 소리쳤다.

"아니 이런 자리가 만들어진 것도 어이없는데 저 말도 안 되는 말을 듣고 있어야 해요? 귀신들의 노잣돈 벌어 먹고사는 귀신들이 사람들 돈을 받아서 어디다 써먹어?"

"네, 그때도 양장점 사장님은 그렇게 말씀하셨죠. 그래서 제가 수를 냈습니다!"

운영은 가방에서 준비해 온 서류를 꺼냈다. 일일이 돌리려는데 목이가 손짓하자 종이들이 날아가 각각 상인들 앞에 떴다. 운영은 목이를 보며 고맙다고 눈짓했다. 그 종이엔 '대박 환전소'에 대한 소개와 앞으로 노잣돈, 사람 돈 환율이 적혔다.

"보시는 바와 같이 환전소와 협업하여 노잣돈과 사람 돈이 환전 가능하다는 겁니다. 예를 들자면 노잣돈 천 원 기준 사람 돈 오백 원입니다."

상인들이 동요하며 수군거렸다. 운영은 힘주어 말했다.

"여러분이 누군지 알게 되었고 무서운 건 당연하나, 그보다 무서운 건 돈입니다. 여러분도 살아 계셨었고, 지금 이렇게 귀신들 노잣돈 보고 장사하시는 분들이니 제 맘을 잘 아실 겁니다. 경계가 무너져 산 사람도 온다니 그들 상대로 장사하실 분들도 꽤 되신다고 들었습니다. 그러나 제가 귀신들 상대로 노잣돈을 받아 무얼하며, 여러분이 산 사람 상대로 돈을 받아 무얼하겠습니까? 그러니까 서로 힘을 합쳐 이 위기를 극복합시다. 서로 돕는 게 무엇보다 중요하죠. 산 사람의 돈은 제가 해결해 드리고 노잣돈은 여러분이 해결해 주고, 산 사람 때문에 문제가 있다면 제가 해결해 드리고 제가 문제가 있다면 여러분이 해결해 주고. 여러분 우리 상생합시다!"

운영의 마지막 말에 감동한 장천과 목이 손뼉을 쳤다. 그럴듯한 제안에 다른 상인들도 따라 치자 양장점 사장의 표정이 일그러졌다. 사람을 혼쭐내는 건 일시적인 것일 뿐, 멀리 보면 수원 저승길 상가의 쇠락과 소멸이었다. 운영의 발표에 양장점 사장은 다른 반박을 하지 않았다. 아니 하지 못했다.

전날 밤 운영은 장천과 함께 양장점 사장을 찾아갔다. 잠시 지나가다가 들렸다며 말을 시작한 운영이 싱긋 웃었다.

"제가 이렇게 다시 와보니 역시 사장님께서 처음부터 길을 잘못 알려주셨네요."

그렇게 말하며 운영은 돌아서 문밖을 바라봤다.

"아니, 내가 언제 그랬어? 난 왼쪽으로 가라 했는데 그쪽이 잘 못 듣고 오른쪽으로 간 거면서 내 탓을 해? 아니, 증거 있어?"

변명하던 사장은 운영이 문밖에 선 장천에게 손을 흔드는 걸 멍하니 봤다. 장천이 손을 마주 흔들었다.

"사장님 말이 맞아요. 증거는 없죠. 하지만 저분들은 제 말을 믿어주겠죠. 저승길 안에 존재하는 모두를, 귀신이든 사람이든 존중한다고 선언하신 게 며칠 전인데 안 믿어주시려고요. 안 그래요? 목이는 누가 괴롭혔냐며 벼르더라고요. 말리느라 애먹었어요. 어머 그렇게 긴장하실 건 없어요. 그냥 제 얘기만 잘 들어주십사 하는 거니까요. 말은 하지 말고, 가만히."

그건 마치 스릴러 소설에 나올 법한 악역의 대사였다.

양장점 사장과 마주하기 전, 상인회에도 나름의 규칙과 질서가 있으며 그것을 어길 시 사천왕의 심판으로 상인회에서 퇴출당한다는 얘기를 들은 운영이었다. 어찌 보면 양장점 사장이 먼저 길을 잘못 알려줬기에 가능한 협박이었다. 남을, 그것도 귀신을 협박하는 건 난생처음이었는데 어찌나 긴장했는지 손바닥에 땀이 흥건했었다. 장르 소설 편집자 경력을 이렇게 써먹다니. 그래도 인생 헛산 게 아니었구나.

그리고 지금.

과연 양장점 사장은 그 협박을 아주 잘 알아들었다. 이렇듯 상인들의 박수에도 붉은 입술만 질끈 물고 있었다. 말없이, 가만히. 운영은 미소 지었다.

"그럼 거수하겠습니다!"

||||

 어둠이 찾아온 오후의 저승길. 좁은 골목마다 자리한 가게에 불이 켜지고 문이 열렸다. 휘휘 바람이 부는 고요한 길에 한바탕 웃음소리가 들렸다. 세 명의 젊은 여자가 불 켜진 가게들을 기웃거렸다.
 "이런 곳에도 가게가 있다. 쌀집이래. 제삿밥 특미라는 건 뭐야? 웃겨. 나 사진 좀 찍어줘!"
 "근데 여기가 어디지? 우리 예약한 식당 어디로 가야 해?"
 "잠깐 핸드폰 지도 앱 봐야겠다. 뭐야? 핸드폰이 안 터지는데?"
 "고장 난 거 아니야? 신호가 약하네."
 사진을 찍던 여자가 주위를 둘러보다가 가로등 밑을 가리켰다.
 "저기 안내판 있다."
 셋은 그 앞으로 갔다. 나무로 만들어진 안내판에는 아기자기한 지도 표시가 있었다. 남쪽으로 가면 행궁으로 가는 길, 북쪽으로 가면 장안문, 동쪽엔 용연과 서쪽은 서문공원. 중간중간 상생 가게라며 식당과 편집숍, 미용실, 음식점, 문방구 등이 표시되었다.

"골목 벽에 형광 표시 따라가면 된대."

"골목이 다 비슷비슷해서 이런 걸 만들었나 봐."

"길 잃어버린 것 같으면 등이 걸린 가게에서 물어보래. 야야, 여기 이름 봐. 저승길상인회래."

"뭐야? 이름 개촌스러워!"

그들은 다시금 깔깔 웃으면서 길을 따라 걷기 시작했다.

그 맞은편에서 오던 운영은 여자들이 자신을 지나쳐 골목길을 빠져나갈 때까지 확인하고는 콧노래를 흥얼거리며 쌀집으로 들어갔다. 쌀 포대가 쌓인 매장에 들어서자 귀신 상인들의 웃음소리가 들렸다.

"안녕하세요."

계산대 뒤에다 대고 인사하자 옹기종기 모여 수다를 떨고 있던 상인들이 고개를 들었다.

"어, 사람 대표 왔네!"

"사람 대표?"

"그 상인회에, 가게 이름이 뭐였지? 산티…… 뭐더라? 꽤 길던데."

"뭐? 싼티? 이름이 왜 그래? 노이즈마케팅이라는 건가?"

"하하, 싼티…… 산티아고 데 콤포스텔라인데…… 채소 가게 사장님도 계셨네요."

다들 운영의 가게 이름을 기억하지 못했다. 처음엔 차근차근 설명했으나 이젠 말할 기운도 없다. 그래도 두 글자는 알아주니 감사해야 하나? 근데 애매한 글자라서…… 말을 다 잇지 못한 운영은 가지고 온 팸플릿을 건넸다.

"이건 상생 가게들 설명하는 거랑 저승길 지도예요. 만약 사람들이 와서 길을 물으면 이걸 주시면 될 거예요. 저승길 안내소를 저희 가게로 했으니까 수고스럽겠지만 만약 사람 관련 문제가 있으면 저한테 데려와 주세요."

"그 상생 규칙이란 거지. 알았어. 고마워."

며칠간 운영은 '사람과 귀신 상인의 상생 프로젝트!'를 외치며 지도와 안내판 및 팸플릿 제작하고 곳곳에 설치하는 데에 힘썼다. 처음에는 귀신들이 무서웠으나 돈을 벌지 못하는 것이 더 무섭다는 걸 깨닫고는 매일 용기를 내고 있다. 다행히 시간이 지날수록 두려움은 무뎌졌다. 대화를 나누다 보면 그들이 귀신이란 사실조차 잊을 정도였다.

운영은 저승길 상인회 사람 대표이자 상생 프로젝트 기획자로 매일 사천왕과 귀신 상인 대표들과 회의했다. 아직도 조정 중이고, 해야 할 일이 산더미였다. 그 전에 기본적인 규칙들 먼저 만들었다. 그중 제일 중요한 건 사람들의 안전이었다. 그래서 산 사람이 저승길에 흘러들었을 경우 죽이면 안 된다는 규칙부터 만들었다. 만일 그들이 도움을 요청하면 여운영에게 데려가거나 이렇게 이승으로 가는 지도 팸플릿을 전달하는 거다.

귀신 상인들은 상생 프로젝트에 일단 합의했으나 모두가 인정하는 건 아니었다. 겉으로는 동조하는 듯하지만 보이지 않은 곳에선 해를 가할지도 모른다는 게 사천왕들의 의견이었다. 처음 양장점 사장님이 사람들을 혼쭐내 주자는 말에 동조하던 여러 귀신을 생각하면 이 규칙은 확실히 정립되어야 했다. 사천왕이 엄벌에 처한다고 말했지만, 어찌 되었든 그건 사건이 일어난 후의 이야기니까.

"있잖아, 그 돈을 벌기 위해서 우리가 사람 대표한테 물어볼 수도 있다는 거지?"

"그럼요. 궁금하신 건 얼마든지 물어보세요. 제가 성심성의껏 알려드릴게요. 아! 대박 환전소 쑤 사장님과 논의한 건데요, 요즘 사람들은 현금 대신 카드를 많이 사용하거든요. 결계가 깨진 부근은 통신선이 원활하니 카드 단말기 사용이 가능합니다. 그래서 원하시는 분들께 카드 단말기를 대여할 거예요. 그때가 되면 카드 결제 방법 알려드릴게요."

"뭔가 본격적이구먼."

"물론 갑자기 사람들이 많이 유입될 거란 생각은 안 하지만, 서로 힘내보아요!"

운영은 두 주먹을 불끈 쥐어 보였다. 귀신 사장들은 서로를 마주 보더니 고개를 끄덕였다. 아직은 운영이 못미더운 눈치였으나 일단 두고 보자는 마음 같았다. 저승길 상인들 대부분 그랬다. 운영은 애써 미소를 지으며 인사하고 가게서 나왔다.

사위는 어느새 어두워졌다. 가로등 불빛만이 비추는 골목길은 고요했다. 그 골목길에 멀뚱히 서서 주위를 둘러봤다. 잊었다고 생각했는데 끝없이 이어지는 길을 헤매던 지난날이 불쑥 떠올랐다. 덜컥 겁이 나 손끝이 떨렸다. 그런 손을 누군가가 잡았다. 깜짝 놀라 옆을 보니 언제 왔는지 목이가 있었다. 어린 여자아이는 싱긋 웃었다.

"괜찮아! 내가 널 보고 있으니까. 너는 저승길 상인회의 유일 사람 대표야. 우리에게 소중하다고. 상생 귀신 상점들도 너를 돌봐주기로 했잖아."

"갑자기 든든해지네요."

"이렇게 열심히 하는데 당연한 거지. 그래도 너무 다 받아주지 마. 네 몸도 챙겨가면서 해. 사람은 정해진 에너지가 있잖아. 우리는 그걸 잘 모르니까 너를 이해하지 못할지도 몰라. 네가 적당히 하는 법을 알아야 해."

맞잡은 목의 손이 차가웠다. 틀린 말은 아니었으나 불안했다. 자신이 벌인 일을 완벽하게는 못 해도 잘 완수하고 싶었다. 그래서 깨어 있는 동안은 온통 이 일에 매달렸다. 목과 몇 걸음 걷던 운영은 그 자리에서 멈췄다. 목이 운영을 올려다봤다.

"제가 이 일을 제대로 해내지 못하면 어쩌죠?"

또다시 실패한 인생이라며 관두고 도망칠지도 몰랐다. 매일 이 일을 해내겠다고 용기를 북돋아도 다른 한편으론 해낼 수 없을 거라고 좌절하는 자신이 있었다.

"그래도 되지 않나? 너를 못 믿는 게 아니라 걸음마도 한 번에 걷는 게 아니잖아. 몇 번이고 넘어지고 일어나서야 제대로 걸을 수 있는 거지. 저승길에서 장사하겠다는 인간도 네가 처음이고, 우여곡절이 얼굴 보고 피해 간다니? 누구나 다 실패와 좌절을 겪어. 그럴 때마다 다시 일어나면 돼. 여기 귀신들도 한 번은 생을 살았으니 다 이해해. 게다가 너만 잘 살자고 하는 게 아니라 귀신들도 함께 잘살자고 하는 그 마음이 쉬운 게 아닌 것도 잘 알고. 그러니까 자신감을 가져. 실컷 실패해. 우리가 도와줄게."

그렇게 말해주니 조금은 불안감이 가셨다. 목이 마주 잡은 손을 흔들었다. 운영은 함께 흔들며 걸음을 내디뎠다.

"저 열심히 할게요."

"적당히 하라니까."

"열 번 할 실패를 반으로 줄여보겠어요."

"그래그래. 우리 운영이 하고 싶은 거 다 하자!"

제 2 장

성희

엄마가 죽었다. 비가 오는 새벽이었다. 식당 일을 마치고 돌아오던 엄마는 파란불에 신호등을 건넜지만, 음주 차량은 멈추지 않았다고 했다. 성희는 우는 것밖에 할 줄 몰랐다. 당연했다. 대학을 졸업하고 대학원을 다니는 지금도 모든 걸 엄마가 해줬기 때문이다.

'너는 엄마의 자랑이야. 앞으로 박사님이 될 인재가 빨래할 시간이 어딨어?'

부르튼 손마디가 스물여섯 살의 딸 손에서 빨랫감이며 빗자루를 빼앗아 갔다.

스스로 무얼 하겠다는 생각도 못 하고 장례지도사가 알려준 대로 장례 절차를 밟았다. 그 후 엄마와 함께 식당을 운영하던 명자 이모가 오셔서 모든 일을 도맡아주셨다. 명자 이모가 연락을 돌려선지 다음 날 아침부터 지인분들이 오셨다.

그중에 아버지도 있었다. 연락이 끊긴 지, 십여 년 만이다. 엄마 핸드폰에 저장돼 있던 작은 아버지에게 연락이 가서 소식을 들은 모양이었다. 아버지는 낡은 운동화를 벗기도 전에 입구에서부터 설움에 복받친 목소리로 "수영아!"라고 엄마 이름을 불렀다. 몇 안 되는 사람들이 그 자리에 주저앉아 아이처럼 울어대는 추레한 남자를 보고 하던 말을 멈췄다. 모두 안타까워하는 표정이었다.

"갑자기 이렇게 가면 나는 어떡하냐. 나는 너한테 용서도 구하지 못했는데. 죽어도 내가 먼저 죽었어야 했는데! 이제 우리 성희는 어떡하라고. 나도 병 때문에 오늘내일하는데. 내가 죄가 참 많다!"

울다 지친 성희는 멍하니 그 쇼를 지켜봤다. 자신이 기억하는 아빠는 매일같이 술을 마시고 엄마를 때리던 사람이었다. 지긋지긋하고 두려운 세월이었다. 그러다 바람이 나 집을 나갔다. 그때 엄마와 성희는 얼마나 기뻐했던가. 허나, 당사자인 엄마는 성희의 혼사에 방해가 된다는 이유로 이혼하지 않았다.

"성희 걱정은 하지 마! 내가 죽을 때까지 잘 보살필게!"

아버지가 벌건 눈으로 엄마 영정 사진을 보며 다짐하듯 그 얘기를 했을 때 성희는 소름이 돋았다. 그때 명자 이모가 성희의 손을 잡았다.

"참 다행이다. 그치?"

"네?"

"안 그래도 네 엄마가 갑자기 이렇게 되고 혼자 남은 네가 걱정되었는데 이렇게 아버지가 찾아왔으니. 너도 기댈 곳이 생겼잖니."

"하지만 아버지는……."

성희는 뒷말을 삼켰다. 이모가 그 뜻을 알아채고 등을 두드려주었다.

"나도 네 엄마한테 들어서 알아. 그래도 아주 옛날 일이잖니. 무턱대고 받아주라는 말이 아니라 아주 곁을 내주지 않을 것처럼 경계하지는 말라고. 아버지잖아. 이제 유일하게 남은 네 보호자."

그렇게 말하는 명자 이모의 얼굴에 후련한 기색이 어렸다. 이모가 그렇게까지 얘기하니 마음이 흔들렸다. 자신은 지금 엄마를 잃었다. 당장 힘이 드니 일단 이모 말대로 아버지의 존재를 부정하지는 말자고 생각했다.

|||||

아버지는 자신의 지난 죄를 잘 알고 있다며 성희에게 용서

를 구했다. 그런 아버지를 어떻게 대해야 할지 몰라 성희는 무어라 대답하지도 못했다.

"괜찮아. 우리 성희가 용서해 줄 때까지 아빠가 용서를 구할게."

아버지는 매일 문자로 안부를 물었다. 잠은 잘 잤는지, 밥은 먹었는지, 학교는 어땠는지, 즐거웠는지, 용돈이 부족하지 않은지, 사소한 일상의 질문들.

평소 엄마가 묻던 말들이라 엄마가 그리웠는데 그 그리움을 아버지가 조금은 상쇄해 주는 것 같았다. 명자 이모 말처럼 성희는 아버지에게 점점 기대고 있었다.

그러던 어느 날 아버지의 문자가 오지 않았다. 그날 종일 문자가 오길 기다렸지만, 그다음 날도 연락은 오지 않았다. 휴대폰을 빤히 보던 성희는 더는 참지 못하고 아버지한테 전화했다. 전화를 받은 이는 아버지가 아니었다. 상대방은 병원 이름을 알려줬다.

다급히 그 병원으로 찾아간 성희는 병상에 누워 있는 아버지와 만났다.

"놀랐지?"

"왜, 왜 여기에 있어요?"

"폐암이 꽤 진행된 모양이야. 이게 다 내가 죄를 지어서 그래. 조용히 죽으려고 했는데 수영이, 그러니까 네 엄마가 나

보다 먼저 가는 바람에 혼자 있을 네 생각이 나서 그만. 그런데 우리 딸한테 용서도 받지 못하고 갈 뻔했네. 안 되는데. 용서받아야 하는데."

"그 아줌마는요?"

"그 사람은 내가 병에 걸리자마자 도망갔지. 이런 아빠라 미안해."

성희는 아버지의 말에 참았던 눈물을 흘렸다. 아버지의 메마른 모습과 다정하고 조심스러운 말에 과거의 폭력적인 아버지가 더는 떠오르지 않았다. 어쩌면 지나간 세월에 미움이 희석되었을지도 몰랐다.

그로부터 성희는 저녁마다 병원으로 갔다. 면회 갈 때마다 거무죽죽하던 얼굴에 생기가 돌았고, 시간이 얼마 지나지 않아 꽤 호전되었다며 병원에서 통원 치료를 권했다.

아버지는 갈 곳이 없다고 했다.

"그렇게 집을 자기 명의로 해달라고 조르더니 나도 모르는 새 팔아 치워버렸더라고."

그 딱한 사정에 성희는 흔쾌히 집으로 아버지를 모셨다.

아버지와 산다는 건 무척이나 낯설고 어색한 일이었다. 밤에 자다가 목이 말라 방에서 나왔는데 거실에서 TV를 보는 아버지와 맞닥뜨렸을 때나 화장실에서 마주쳤을 때 얼마나 놀라고 부끄럽던지. 놀고만 있을 수 없다며 아버지가 집

안일을 하기 시작했을 땐 죄송했고, 제 방이 깔끔하게 청소된 걸 볼 때마다 불편했다. 서랍마다 단정하게 개어진 옷과 속옷들. 아버지라고는 하나 타인이라는 감정이 컸다. 에둘러서 아픈 아버지가 집안일 전체를 하는 건 무리이니 방 청소와 빨래는 자신이 하겠다고 얘기했으나 그 속내를 모를 아버지는 괜찮다며 웃었다.

"어차피 청소기가 청소하고 세탁기가 빨래하는걸."

엄마하고 살던 삶에 익숙해 있던 성희는 남자인 아버지와 한집에서 사는 게 여러모로 불편했다. 그래서 자신의 선택이 너무 섣부르지 않았나 고민됐다. 그러나 아무리 생각해도 자신이나 아버지에게나 다른 선택지가 없었다. 용서하고 가족임을 받아들이기로 했으니 아버지와의 삶에 익숙해지도록 노력했다.

그러던 어느 날부터인가. 아버지의 외출이 잦기 시작했다. 통원하던 병원에서 누군가를 만났다더니 그를 따라 기도원에 다닌다고 했다. 집에만 있지 않고 밖에서 누군가를 만나는 것도 나쁘지 않다고 성희는 생각했다. 시간이 갈수록 아버지는 활력이 넘쳤다.

"빌어먹을 병이 다 나은 것 같아!"

활짝 웃으며 아버지는 냉장고에서 일회용 병에 든 물을 마셨다. 라벨지도 없는 병에 투명한 물이 찰랑거렸다.

"그건 뭐예요?"

"이거? 그곳에서 파는 약수야. 생명수! 마실수록 아프지 않거든."

그 말에 성희는 눈살을 찌푸렸다. 단순히 교회에 다니는 줄만 알았다. 그런데 생명수라니? 단번에 사이비종교일 거란 생각이 들었다. 그걸 보자 아버지는 손사래를 쳤다.

"절대 이상한 곳이 아니야! 나도 처음엔 너처럼 의심했는데 막상 가서 그분의 말씀을 듣고 뭔가 깨달음을 얻었달까. 사회의 찌든 때가 병이 됐으니 기도로 이 병을 낫게 해주신댔어! 그 증거가 이 생명수지. 이게 어떤 줄 알아? 약을 안 먹어도 고통이 없어! 생명이 연장된다고!"

"그게 말이 안 되잖아요! 이걸로 병이 낫는다는 게 말이 돼요?"

"네가 몰라서 그래. 너도 아팠다면, 그래서 이걸 마셨다면 이해했을 거야."

"이성적으로 생각하세요. 그 사람들은 사이비고 아픈 아버지를 속인 거라고요. 그래! 여기에 마약 성분이 있을지도 몰라요. 예전에 뉴스에서 이와 비슷한 걸 본 적이······."

쾅! 아버지가 식탁을 내리쳤다.

"아니야!"

성난 표정의 그 모습이 익숙했다. 성희는 잊었다고 생각한 그 옛날의 폭력적인 얼굴을 마주 보았다. 말을 멈춘 성희의 얼굴에서 두려움을 읽은 아버지는 아차다 싶었는지 손바닥으로 얼굴을 쓸었다.

"그러니까 그런 게 아니야. 나는 속고 있는 게 아니야. 그분께서 얼마나 많은 이들을 치유했는지 내 두 눈으로 보았어. 나를 그곳으로 인도한 이도 완쾌 판정을 받았다더구나. 그러니까 나도 돈만 있으면……."

"돈이요?"

결국 나올 이야기가 나왔다.

"이건 내가 가지고 있던 돈으로 겨우 사 마신 거거든. 이게 좀 비싸. 그분이 가지신 권능으로 단번에 낫게 해줄 수 있고 그게 일억오천이라고……."

"일억오천요? 그런 돈이 어딨어요?"

"이 집과 네 엄마 합의금이랑 보험금이면……."

눈이 돌아도 한참 돌았고, 단단히 미쳤다. 뻔하게 돈까지 요구하는데 사이비가 아니라니. 믿고 싶은 것만 믿으려는 모습에 성희는 입술 안쪽을 물었다. 악에 받친 비명이 목구멍까지 치솟았다.

"걱정하지 마. 아빠가 다 나으면 일해서 금방 갚을게! 뭐야? 왜 그런 표정이야? 그렇게 불만이라면 내 몫의 돈이라도 주거라!"

결국 마지막 저 말이 하고 싶어서 아버지는 엄마의 장례식에 찾아온 것이다. 사람이 변했을 거라 생각했다니. 정말 변했다면 엄마가 살아 있을 때 찾아와 용서를 구했겠지. 성희는 자리를 박차고 일어나 가방을 들고 집 밖으로 뛰쳐나왔다. 뒤에서 자신을 부르는 아버지의 목소리가 소름 끼쳤다.

그래도 믿었는데.

자신의 믿음이 사이비종교에 빠진 아버지의 믿음과 같은 듯해서 씁쓸했다.

|||||

한동안 성희는 집에 돌아가지 않고 친구네서 지냈다. 앞으로 어떻게 살아야 할지 막막했다. 어떻게든 결론을 지어야 했다. 매일 아버지한테서 전화와 문자가 왔다. 어느 날은 화를 내며 협박했고, 어느 날은 울며불며 제발 한 번만 자신을 살려달라고 애걸했다.

초여름인데도 무더위가 기승을 부렸다. 집을 나온 지 열흘이 지났다. 나올 때 옷가지 몇 개만 챙겼을 뿐 공부에 필요한 걸 챙기지 않았기에 점점 난감했다. 속옷을 사고 친구 옷을 빌려 입어도 한계가 있었다. 게다가 엄마가 원한 공부를 계속하려면 적어도 한 번은 집에 다녀와야 했다.

그날 아침, 아버지에게 문자가 왔다.

'내가 잘못했다. 네 말이 맞아. 그곳은 사람을 속이는 사이비종교야. 더는 돈 얘기 하지 않을 테니 다시 집으로 돌아오거라.'

성희는 그 문자를 믿지 않았지만, 일단 집으로 갔다. 더는 아버지와 함께 살 자신이 없었다. 아버지에게 나가 달라고 요청할 생각이었다. 자신의 짐을 챙기고 아버지가 따로 지낼 곳을 찾을 때까지 성희는 친구 집에 있을 생각이었다. 순순히 나갈 사람이 아니니 혹시 모를 일에 대비해 친구에게 집 근처 카페에서 기다려 달라고 했다. 성희는 집에 잠시 들르겠다고 아버지에게 답장했다.

해가 머리 꼭대기에 쨍하게 떴을 때 성희는 빌라에 들어갔다. 빌라 옆에 있는, 푸른 잎새가 돋은 목련 나무에서 울어대는 매미 소리가 멀어졌다. 오래되고 탁한 건물의 냄새가 낯설었다. 쿵쿵하고 울리는 발소리마저 아득했다.

딩동. 집 앞에 서서 초인종을 누르다가 고개를 갸웃거렸다. 왜 자신의 집에 들어가는 건데 초인종을 눌렀을까. 이내 성희는 도어락 번호를 누르고 집 안으로 들어갔다. 김치찌개 냄새가 진동했다.

"어 왔니?"

주방에 있던 아버지가 앞치마에 젖은 손을 닦으며 나왔다.

허허 웃는 얼굴이 마치 그들 사이에 아무 일도 없었던 것처럼 보였다.

"네."

짧게 대꾸하고 성희는 방으로 들어갔다. 커다란 여행 가방을 꺼내 짐을 챙기기 시작했다. 따라 들어온 아버지가 머리를 긁적였다. 성희가 어떤 마음으로 무얼 얘기할지 예감했는지 아버지는 조심스럽게 말했다.

"그, 배고프지? 네가 좋아하는 김치찌개 끓여봤는데 밥은 먹고 가. 어차피 같이 먹는 건 이번이 마지막일 테니까. 네가 하라는 대로 할게. 그러니 마지막으로 한 끼 같이 하면 안 될까?"

가방에 책과 옷을 넣던 성희는 아버지의 말에 그를 바라봤다. 순순히 들어준다고? 아무 말도 못 하는 성희에게 아버지가 다짐하듯 말했다.

"네가 그 무엇을 말하든!"

성희는 짐 정리를 마치고 식탁에 앉았다. 잘 넘어가지 않겠지만 몇 술 뜨기로 하고 성희는 먼저 물잔에 든 물부터 마셨다. 침묵이 이어지자 마주 앉은 아버지가 헛기침했다. 하얀 쌀밥을 입에 밀어 넣던 성희는 눈을 들어 아버지를 바라봤다.

"내가 두어 달 전에 이상한 일을 겪었는데 말이야. 아니 그

종교 얘기는 아니고. 비가 한참 오던 날 저녁에 늦게 집으로 돌아오던 길이었어. 그날 행궁이 있는 쪽 골목을 걷는데 앞에 빨간 우산을 쓰고 가는 여자가 있었거든."

맨밥만 먹다가 목으로 잘 넘어가지 않아 성희는 물을 다시 마셨다. 대꾸도 하지 않는데 아버지는 계속 얘기했다.

"그냥 그 뒤를 아무 생각 없이 쫓아가는데 그 여자가 뒤를 돌아보는 거야. 딱하고 눈이 마주쳤는데 얼마나 놀랐게? 그 여자가 마치……."

아버지의 목소리가 멀어졌다. 눈앞이 가물거려 성희는 눈을 깜박였다.

"네 엄마였다니까. 눈을 희번덕거리는 게 어찌나 그 옛날과 똑같던지. 그래그래. 진짜는 아닐 거야. 잔뜩 취해 있었으니 헛것을 본 거야. 그런데 다시 생각해 보니 네가 집을 나갈 때 날 뭣같이 보던 그 눈과 같았더라."

"그게 대체 무슨 말……."

"어쨌든 그분께서 돈이 없어도 된다 했을 때 얼마나 좋던지. 네가 그나마 도움이 된다니 참 다행이지. 성실한 마음으로 그분께 봉사하거라. 고작 몸으로 때우는 일에 아빠 병이 낫는다잖니! 으하하하!"

쿵. 성희는 식탁 위에 엎어졌다. 키득거리는 아버지의 목소리도 멀어졌다.

|||||

드르륵드르륵.

빌라에서 여행 가방을 든 남자가 나왔다. 커피숍 가게 안에 있던 성희의 친구는 그를 이상하게 쳐다보다가 다시 핸드폰을 봤다. 괜찮냐는 메시지에 성희는 대답이 없었다. 조급해진 친구는 성희에게 전화했다. 그러나 성희는 전화를 받지 않았다.

|||||

으하하하. 어둠 저편에서 아버지의 웃음소리가 들렸다. 얼마나 소름이 끼치는지 귀를 막고 싶었다. 그러나 두 손이 꿈쩍하지도 않았다. 사위는 어둠뿐이었고 몸마저 움직이지 않았다. 당황스러웠다. 밭은 숨을 내쉬며 집중하기로 했다. 한참 힘을 주자 그제야 손끝이 움찔거렸다.

순식간에 모든 감각이 살아났다. 감았던 두 눈을 번쩍 떴다. 눈을 부시게 하는 백열등이 보였고 헐떡이는 자신의 숨소리가 들렸다. 상체를 일으키다가 현기증이 일어 성희는 다시금 눈을 질끈 감았다. 눈을 감아도 어지러웠다. 욱하고 토기가 치밀었다. 헛구역질했다. 심장이 어찌나 빠르고 크게 뛰는지 그 진동이 온몸에 퍼졌다.

어지러움이 가시자 주위를 볼 수 있었다. 침대와 협탁만 있는 작은 방이었다. 성희는 비틀거리며 문으로 갔다. 문은 잠겼다. 몸은 물먹은 솜처럼 가라앉아 바닥에서 누군가가 손으로 잡아당기는 것 같았다. 버티지 못하고 허물어지는 와중에 아버지가 중얼거리던 말이 떠올랐다.

자신은 일억오천에 팔렸다. 아버지란 작자가 자기 살자고 딸을 팔았다. 화가 나고 억울해서 바닥을 때려봤지만, 힘이 제대로 실리지 않아 찰싹거리는 소리만 울렸다. 도망쳐야 해! 성희는 고개를 들었다. 절대 그 사람 뜻대로 되고 싶지 않았다. 침대 옆에 창문이 있었다. 성희는 엉금엉금 기어서 그쪽으로 향했다.

창문은 손쉽게 열렸다. 창 너머로 어두운 밤의 정경이 펼쳐졌다. 그 사이 비가 내렸는지 축축한 바람이 불어왔다. 조금은 맑아진 시야로 밖을 봤다. 깨진 창이 가득한 건물 뒤로 저 멀리 팔달산의 조명 불빛이 보였다. 밑을 보니 까마득한, 비에 젖은 바닥이 가로등 빛에 번들거렸다.

"누가, 누가 좀 살려주세요!"

성희는 밖에다 대고 소리쳤다. 비록 주위의 건물은 불이 꺼져 어두웠지만 길을 지나가는 누구라도 들을 터였다. 그러나 온 힘을 쥐어짜 소리치는 성희의 목소리 외에 아무 소리도 들리지 않았다.

앞 폐건물 층수를 헤아려 봤다. 비슷한 눈높이는 5층이다. 고개를 밖으로 내밀어도 탈출로는 없었다. 다시금 현기증이 일어 성희는 눈을 질끈 감았다.

철컥철컥. 그때 문의 자물쇠가 풀리고 누군가가 들어왔다. 그의 커다란 그림자가 성희 앞으로 뻗어왔다. 놀라 창가에 바짝 기대자 목을 긁는 웃음소리가 들렸다. 비쩍 마른 노인이 방으로 성큼 들어왔다.

"너무 놀라지 말게."

히죽 웃으며 안심시키는가 싶더니 등 뒤로 문을 닫는다. 철컥. 문이 닫히자 밖에서 누군가가 문을 잠그는 소리가 천둥소리처럼 크게 들렸다. 그가 천천히 양복 상의를 벗는다.

"너도 짐작했다시피 네 아비가 널 팔아넘겼지. 병을 낫고자 말이야. 심청이는 스스로 제물이 되길 바랐으나 너는 아니니 지금 이 상황이 무척 당황스러울 거야."

넥타이를 벗던 그가 어깨를 으쓱였다.

"뭐, 그건 내 사정이 아니고. 다 각자의 중요도가 다른 게 아니겠어? 덕분에 인간들 꾀기 좋지만 말이야. 개천물을 퍼다가 생명수라고 해도 인간들은 쉽게 믿는다니까. 하긴 방화수류정 밑 정자는 명당의 기가 늘 담겨 있으니 약수라면 약수라고 할 만하지. 게다가 이 몸이 몸소 떠오니 효험이야 두 말하면 잔소리지."

 말도 되지 않는 말을 지껄이던 노인은 손목에 낀 금시계를 풀다가 잔뜩 겁먹은 성희를 바라보며 씩 웃었다. 주름진 얼굴 살이 파르르 떨렸다. 입술이 물결치고 눈두덩이가 부풀어 올랐다. 작은 눈동자가 위아래로 빠르게 움직였다. 키득키득 하는 가는 웃음이 점차 걸걸한 소리가 됐다. 툭툭. 셔츠 단추를 푸는 손이 성마르게 움직일 때마다 뭔가가 뜯어지는 소리가 났다. 성희는 창가에 몸을 바짝 붙였다. 단추가 풀린 자리에 설핏 드러난 뱃살이 꿀렁거리며 불어나더니 허리띠 위로 축 처졌다. 살 떨림은 멈추지 않았다. 셔츠를 벗자 언제 말랐었냐는 듯이 비대한 상체가 터져 나왔다.

 성희는 비명도 지르지 못했다. 노인이 성희를 보며 히죽 웃었다. 그러더니 끝이 아니라는 듯 손으로 얼굴을 붙들었다. 너무도 자연스럽게, 마치 모자를 벗듯이 주름진 노인의 얼굴 가죽을 벗었다. 휴, 하고 짧은 한숨을 내뱉는 돼지머리가 성희의 눈앞에 드러났다. 비대한 사람의 몸에 머리만 돼지인 괴물이 말했다.

 "그러니까. 네 아비 살리고 싶으면 내 말을 잘 들어야 할 거야. 반항하면 네 아비는 죽을 줄 알아!"

 돼지가 협박하며 손을 뻗었다. 성희는 놈의 손아귀를 피했다. 그리고 창문 너머를 보고는 주저하지 않고 창을 넘었다.

까마득한 바닥으로 떨어졌다. 머리 위로 성난 짐승의 울부짖음이 들려왔다.

|||||

성희는 축축한 바닥에서 눈을 떴다. 그러다가 놀라 자리에서 벌떡 일어나 몸을 살폈다. 높은 곳에서 떨어졌는데 다치지 않았는지 몸이 가벼웠다. 꽥! 멀지 않은 곳에서 성난 숨소리가 들렸다. 성희는 도망쳤다. 신발을 신지 않은 발에서 소리가 났다.

찰팍찰팍찰팍.

가로등 불빛만이 비치는 골목길을 달리자 젖은 바닥을 박차는 발소리가 뒤쫓아왔다. 골목은 끝없이 이어졌다. 어디가 어디인지도 알 수 없었고 희뿌연 안개마저 차올랐다. 하얗게 일렁이는 안개 속에서 높다란 담벼락이 느닷없이 나타났다가 사라졌다.

"꺄악!"

갑자기 앞에서 검은 무언가가 나타났고 놀란 성희를 지나쳤다. 뒤를 쫓던 것이 비명을 듣고 방향을 틀어 따라왔다. 성희는 다시 달렸다. 일차선 도로를 건너는 순간 갈림길 앞에 빨간 우산을 든 여자가 서 있는 게 보였다. 우산에 얼굴이 가려졌으나 그녀는 코트 주머니에 넣었던 손을 빼 한쪽을 가리켰다. 성희는 그 방향으로 달렸다. 뒤를 돌아 여자를 보았지만 이내 차오르는 안개 탓에 그 모습이 보이지 않았다.

탁!

"아얏!"

허공에 있는 뭔가가 성희의 머리를 때렸다. 잠시 멈춰서서 자신을 때린 게 뭔지 살폈다. 가로등 불빛에 물들어 주황색으로 흩어지는 안개 속 허공에 뜬 무언가가 다가왔다. 옆을 스치는 움직임 소리가 들리고 가만히 선 성희 앞에 나타난 건, 북어? 뻣뻣한 움직임으로 안개 속을 유영한다. 그 옆으로 배를 드러낸 북어 몇 마리가 허공에 떠 있다. 홀린 듯 손을 들어 그걸 만졌다. 딱딱하고 꺼끌꺼끌한 느낌이 정말 북어였다.

"한성희!"

순간 바로 가까이에서 성난 아버지의 목소리가 들렸다. 성희는 고개를 돌렸다.

"이놈의 계집애 어딨어! 내가 그렇게 그분께 봉사해야 한다고 일렀거늘. 감히 도망가? 그년 때문에 내가, 내가 죽었어!"

피에 젖은 아버지의 모습이 안개 속에서 불쑥 나타났다.

"아악!"

놀란 성희가 뒷걸음질 쳤다. 다리에 힘이 풀려 주저앉으려다 북어를 붙들었다. 갑자기 북어가 펄떡거렸다. 강한 몸짓으로 하늘로 치솟았다. 성희의 몸도 덩달아 딸려 올라갔다.

|||||

안개 위로 올라갔던 성희의 몸이 바닥을 굴렀다. 안개가 마저 차오르지 못해 선명히 보이는 건물 옥상 턱에 걸터앉아 있던 남자가 한 손에 낚싯대를 든 채 그녀를 내려다봤다.

"아무리 별의별 게 걸린다지만, 생령이 걸린 건 처음이네. 이건 상생 규칙에 적용되는 건가?"

지금 무슨 일이 벌어졌는지, 남자가 하는 말이 무슨 뜻인지 몰라도 곧 아버지에게 잡힐 것 같았다.

"도와주세요! 아버지에게 쫓기고 있어요. 이상한 사이비 교주한테 빠져서 저를 바쳤는데 돼지가······."

성희는 입을 다물었다. 자신이 생각해도 지금까지 벌어진 일이 믿어지지 않았다. 이 사람이 믿어줄 것 같지 않았다.

"일단 따라와요."

남자가 앞장서려다가 멈추더니 불쑥 낚싯대를 내밀었다. 멀뚱히 바라보자 남자가 입을 열었다.

"길을 잃을지도 모르니 잡고 따라와요."

성희는 낚싯대 끝을 잡고 그 뒤를 따라갔다. 커다란 화분이 굴러다니는 옥상을 지나 회칠이 벗겨진 낡은 옥상 난간을 건너 다른 건물의 옥상으로 갔다. 채 마르지 않은 빨래들 밑으로 몸을 숙여 가로질렀고 이 건물 저 건물 옥상을 잇는 판자 위를 걸었다. 이내 남자는 한 건물 옆에 난 철제 계단을 내려갔다. 쿵쾅쿵쾅 발소리가 제법 크게 들렸다. 그에 맞춰 성희의 심장도 덩달아 뛰었다. 계단은 중간부터 안개에 잠겼다. 남자는 스스럼없이 안개 속으로 빠져들었다. 마치 물속으로 들어가기 전 숨을 참는 것처럼 성희는 크게 숨을 들이켜고 안개로 들어갔다.

끼익, 녹슨 대문이 열리는 소리가 났다. 몇 걸음 남자를 따라갔을까. 일렁이는 안개 속에 푸른 불빛의 간판이 보였다.

산티아고 데 콤포스텔라

남자는 그곳으로 성희를 데려갔다.

쿵쿵쿵.

반지하에서 따스한 불빛이 흘러나왔다. 계단을 내려간 남자가 문을 두드리자 얼마 뒤 문이 열리고 그 사이로 젊은 여자가 고개를 내밀었다.

짙은 다크서클이 내려앉은 두 눈이 남자와 그 뒤의 성희를 봤다.

"국 씨, 지금이 몇 시인 줄 아세요?"

"여운영 씨, 장사 안 해요? 상생상생 하면서 매사 적극적이더니 지금은 왜 죽상이죠?"

"장사야 당연히 하죠. 매사 적극적이죠. 하지만 당신이 오면 어마어마한 일감을 가지고 오는지라……."

그렇게 얘기하던 운영이 다시금 성희를 보고 눈살을 찌푸렸다. 이내 깊은 한숨을 내쉬고는 문을 열고 돌아선다.

"죄송해요. 손님께 짜증을 낸 건 아녜요. 손님은 언제나 환영하지요. 하지만 상인회 상생 규칙이 자리 잡힌 게 아니라서 온 동네 상인분들이 조금이라도 이상하다 싶으면 절 찾아오거든요. 사람 대표는 저뿐이라. 봐요! 이분도 손님을 모시고 절 찾아왔잖아요."

따뜻한 연한 갈색의 러그와 짙은 갈색의 원목 테이블을 지나 나무 계단을 올라가니 넓은 공간이 나왔다. 진한 커피 향에 안정감이 들었다. 앞서 걷던 운영은 한 곳을 가리켰다.

"일단 앉으세요. 고생하셨을 텐데. 따뜻한 커피라도 드시겠어요? 물론 유료입니다."

"그럼 따뜻한 아메리카노를……."

고개를 끄덕인 운영은 주방으로 향하다가 멈췄다.

"근데 사람인가요? 귀신인가요? 제가 아직 초보라 정확하게 구분이 안 되어서 말이죠. 그에 따른 커피 원두도 달라지거든요. 저승용 커피는 종류별로 따로 준비했으니 걱정하지 마세요."

"네? 무슨 질문이. 당연히 사……."

"생령입니다. 저는 핫초코로 주세요."

성희의 맞은편에 앉으며 국이 무심히 말했다. 두 여자의 시선이 그에게로 향했다.

"생령이 뭔데요?"

운영이 눈을 깜빡이며 물었다.

"아직 육체가 죽지 않고 영혼만 빠져나온 상태?"

국이 대꾸하자 여운영이 고개를 갸웃거렸다.

"애매한데?"

규칙대로 살았으면 여운영이 책임을 져야 했고, 죽었으면 귀신 상인들의 책임이었다. 상생하자고 부르짖은 게 일주일도 되지 않았다. 많은 변수가 있으리라 예상했고 지금 이 상황이 그 변수 중 하나였다.

"이럴 땐 사천왕이 해결해야 할 일이……."

"무턱대고 우리한테 넘기지 않기로 하지 않았습니까?"

"그렇다고 생령 일을 제가 해결할 수 있나요? 객관적으로 생각해 봐도……."

"도와주세요! 지금 무슨 얘기를 하는지 모르겠지만, 저는 지금 아버지한테 쫓기고 있어요. 먼저 경찰에 신고해야 해요. 그들에게서 벗어나려면……."

성희가 애원하자 운영이 마지못해 고개를 끄덕였다.

"일단 무슨 일인지 얘기해 보세요. 저희 가게는 드립 커피숍이기 때문에 커피를 내리는 데 시간이 걸립니다. 그사이 어떤 일인지 듣고 도울 수 있으면 그리하겠습니다. 경찰이 필요한 일이라면 국 씨도 들어야겠네요."

'저승길을 지키는 사천왕 중 한 명이니까.'

운영이 눈짓을 하자 국도 마지못해 고개를 끄덕였다.

‖‖‖‖

커피잔에 하얀 김이 피어올랐다. 자초지종을 설명한 성희는 울고 있었다. 자신이 죽었다니! 믿어지지 않았다. 역시 건물에서 떨어져서일 거다. 쾅! 운영이 테이블을 내리쳤다.

"그런 아버지, 아니 그런 사람은 더는 성희 씨의 아버지도 아니에요! 세상에 자기 딸을 사이비 놈한테 팔아먹다니요! 그 사이비 놈도, 머리가 돼지라고요? 누군지 국 씨는 알아요?"

"금돼지라는 요괴입니다. 인간 세상에서 아름다운 여성을 잡아먹거나 시중들게 한다는 말을 들었습니다. 이번에 들어왔나 보군요."

"우웩! 이러고 있을 게 아녜요. 갑시다!"

"어딜요?"

울던 성희가 물었다.

"성희 씨가 아직 생령이라면 육체는 아직 온전히 있다는 말이잖아요. 빨리 육체를 찾으러 가야지요."

"하지만 경찰도 없잖아요? 저희끼리 어떻게요?"

"거기서 나는 빼줬으면……."

국이 중얼거리자 운영이 두 눈을 부릅떴다.

'여기서 그들을 제압할 수 있는 유일한 사람, 아니, 신이시잖아요?'

그 눈길에서 빈정거림과 분노가 드러났다. 지난번 귀신 상인들을 설득할 때도 그랬지만, 운영은 어찌나 그 속내가 투명하게 보이는지 매번 그 눈길에 마지못해 움직이고 뜻대로 해주고야 마는 것이다. 영 모를 일이라고 생각하며 그는 자리에서 일어났다.

"핫초코값만큼 하겠습니다. 다만 우리도 규칙이 있어요. 우리 일이라는 게 사람 사는 일처럼 증거가 필요한 일이라서 말이죠. 무턱대고 멸하려고 하면 공정치 못하다는 항의가 있어서……."

국은 자신을 빤히 바라보는 운영의 눈길을 피했다.

"그냥 얼굴을 보기만 해도 견적 나오는 거 아니었어요? 그럼 증거 나와라! 하면 나오는 요술 거울이나 그런 비슷한 거라도? 씨씨티브이처럼 과거 악독했던 짓이 나오는 게 하나도 없다고요?"

"없습니다."

"아니 저승길이란 것도 있는데 그런 게 없다니 말이 되나요?"

"지나친 억지로군요."

국이 혀를 차며 가게를 나섰다.

이곳을 관장하는 사천왕이라면 좀 더 멋진 아이템이 있는 게 당연한 게 아닌가. 문득 대문 앞에서 밤새 무슨 일이 있었는지 입에서 입으로 전하던 그들의 모습이 떠올랐다. 아닌가?

입술을 삐죽이던 운영이 그 뒤를 따라가다가 뒤를 돌아봤다. 성희는 그 자리에 선 채 발밑만 보고 있었다. 운영이 다가서자 성희가 눈물 젖은 얼굴을 들었다.

"다시 돌아가고 싶지 않아요. 무서워요."

그 말에 운영은 아차 싶었다. 도와주겠다고 나섰지만, 힘들고 무서울 성희의 마음을 헤아리지 못했다.

"이해해요. 지금 처한 현실이 버거울 거예요. 하지만 무섭다고 이대로 있다간 성희 씨는 생령이 아닌 진짜 귀신이 되어서 저승으로 갈 거예요. 성희 씨의 아버지가 원하는 대로 해주는 거 너무 억울하잖아요! 도와달라고 했잖아요. 우리가 도와줄게요. 꼭 살아서 그 아버지가 법의 심판을 받도록 하자고요!"

운영의 말에 성희는 손등으로 눈물을 닦아냈다. 이대로 죽을 수는 없었다. 아버지 뜻대로 되기 싫었다. 악착같이 살아서 엄마가 원하는 박사가 될 것이다! 성희는 두 주먹을 불끈 쥐고 운영을 따라나섰다.

|||||

안개는 여전히 골목에 짙게 깔렸다. 운영이 뒷문으로 나오자 손목에 찬 팔찌에서 빛이 났다. 더는 길을 잃지 않도록 어르신이 선물해 준 팔찌였다. 어디에 가고 싶다고 생각만 해도 길을 안내해 주는 유용한 물건이다. 저승길 상인회 사람 대표 한정 아이템인 셈이었다. 노란빛은 커다란 나비가 되어 날아올랐다. 나비의 날갯짓에 장막처럼 눈앞을 가렸던 안개가 흩어졌다.

"이런 것도 있는데 요술 거울이 없다니……."

운영이 중얼거리자 국은 못 들은 척 앞장섰다. 셋은 수월하게 골목길을 나아갔다. 골목을 헤맸던 성희는 빛나는 나비를 보며 어안이 벙벙했다. 불안한 마음보다 바른길로 인도된다는 믿음이 절로 생겼다.

한참을 걸었을까. 나비가 원을 그리며 날았다. 사방이 쥐 죽은 듯이 고요했다. 사라지는 안개 사이로 낯익은 폐건물을 볼 수 있었다. 그러면 그 맞은편에는······.

입구 위로 여관이란 글자가 설핏 보였다. 겉으로 보기에 그곳도 폐건물처럼 보였으나 나비의 찬란한 빛이 팔찌로 돌아와 어둠이 찾아오자 그곳에서 창백한 불빛이 새어 나오는 게 보였다.

"그냥 건물이 아니네요."

"이곳은 망자와 귀신을 상대로 하는 여관입니다. 아직도 장사하는 것 같은데. 하긴 사람을 치유해 준다고 꾀어 데려왔다면 사람 눈에는 그냥 오래된 건물로 보이겠군요."

"아직도 여관 장사를 한다고요?"

운영의 말에 국은 말없이 손가락으로 위층의 창문을 가리켰다. 그 손을 따라 시선을 돌렸다. 희붐한 붉은 불빛이 파르르 떨리는 2층 창가에서 깡마른 얼굴이 이쪽을 보고 있었다. 눈이 마주치자 운영이 화들짝 놀라 국의 팔을 붙들었다. 귀신 상대로 장사를 하니 몇 번이고 괜찮을 거라 다짐했지만, 갑자기 튀어나오는 건 질색이었다.

"삼 층이나 사 층에도 귀신들이 돌아다니는군요."

못마땅한 시선으로 운영은 창 너머를 살폈다. 국의 말처럼 흐릿하고 많은 뭔가가 복도를 오가는 게 비쳤다. 유심히 보니 1층은 카운터, 2, 3, 4층은 숙박 시설인 데에 비해 최상층인 5층은 외관부터 달랐다. 조립식 자재를 덧댄 외관과 복도가 아닌 바로 방 창문이 정면으로 보이는 게 사장이 사는 가정집 같았다. 아마도 후에 증축한 모양이었다.

"여관 사장이 사이비를 사칭한 금돼지가 아니라면 둘이 한 팀이거나 여관 사장이 사라졌거나 둘 중 하나겠네요. 그다지 좋지 않은 계획이 떠올랐어요. 아, 오해하지 마세요. 어쩌면 제 생명이 위험할지도 몰라서…… 그러니까 국 씨가 잘 해줘야 해요!"

운영은 떨떠름한 표정으로 둘을 봤다. 마주 본 국도 눈살을 찌푸렸다.

"뭡니까?"

"국 씨가 여관 사장을 찾아봐요. 아주아주 여관이 들썩일 정도로 요란하게! 만약 사장을 만나면, 그 경찰이 하는 거 있잖아요. 신고받고 왔다! 그런 일이 있었냐 없었냐 어쩌고저쩌고, 등등등. 물어봐요."

"제가 말입니까?"

"주의를 끌어주는 거죠. 그사이 우리는 증거를 찾을게요. 귀는 좋죠? 제발 좋다고 해줘요. 제가 부르면 눈 깜짝할 사이에 달려와야 해요!"

국이 무슨 말을 하려고 했지만, 운영은 벌써 성희에게로 돌아섰다.

"오 층에서 뛰어내렸다고 했죠?"

그 물음에 성희가 고개를 끄덕이자 운영은 주위를 살폈다.

"떨어졌다면 성희 씨 몸이 이 부근에 있어야 할 텐데, 여기 어디에도 없으니 오 층으로 가요. 육신이라도 먹겠다고 그놈이 가져갔을 거예요!"

성희의 안색이 창백해졌다. 이미 늦었으면 어쩌지.

"벌써부터 고민하지 말고 일단 찾고 보자고요."

운영의 단호한 말에 성희는 마음을 다잡았다.

|||||

국은 여관으로 들어서면서도 여전히 모호한 표정을 지었다. 어쩌다가 이런 일에 끼어들게 되었는지 도무지 알 수 없었다. 며칠 전까지만 해도 그저 그런 날들이었다. 지난하고 무료한 일상. 그러니까 결계가 깨지기 전까지 말이다. 허물어진 담장 앞에서 눈물을 흘리는 운영과 마주한 순간부터 혼란스러운 날이 시작됐다.

국은 고개를 돌려 여관 1층 복도 끝에 선 운영을 쳐다봤다. 고양이처럼 살금살금 숨어든 그녀는 계단 앞에서 2층과 국을 흘깃거렸다. 저 눈에 홀린 게 분명했다. 무엇을 바라는

지 뻔히 보였다. 그리고 정말 바보 같은 짓 같지만 해주고야 마는.

"주인장 계시오?"

국은 크게 소리치며 카운터의 유리 창문을 두드렸다. 안에는 아무도 없는지 기척이 없었다.

"주인장 계시오? 아무도 없소? 상인회에서 나왔소. 어서 나오시오! 급히 물어볼 말이 있소!"

주인을 찾는 쩌렁쩌렁한 소리가 건물을 울렸다. 쾅쾅쾅. 철문을 두드리는 요란한 소리에 손님들이 방에서 나오고 있었다. 운영은 이때다 하고 성희를 데리고 계단을 올라갔다. 계단을 내려오는 귀신도 있었고 문을 열고 고개만 내미는 귀신도 있었다. 대체 무슨 일인지 궁금해하는 귀신도, 휴식에 방해된다며 성질내는 귀신도. 그들 사이로 둘은 손님인 척 지나갔다. 혹여 사이비 관련자가 알아볼 수도 있으니 성희는 긴 머리카락으로 얼굴을 가렸다.

4층에서 5층으로 올라가려는데 5층 문이 열렸다. 노란 조명 불빛이 계단에 드리우고 검은 그림자가 불쑥 나타났다. 마주칠까 봐 조바심을 내는데 마침 4층에서도 문이 열리고 운동복을 입은 남자가 나왔다.

"어떤 새끼가 죽어서도 편히 쉬지 못하게 하는 거야. 가뜩이나 억울한데 너 잘 걸렸다! 또 죽여주마!"

소매를 걷으며 작정하고 계단을 나선다. 고개를 숙여 모른 척하던 운영은 남자가 지나가자 재빨리 성희를 데리고 4층 복도를 달려 닫히는 문을 붙잡았다. 성희가 고개를 살짝 내밀어 4층까지 내려온 노인을 봤다.

계단을 내려가려던 그가 고개를 들어 이쪽을 바라봤다. 붉은 불빛이 감도는 복도에는 그 어떤 기척도 없이 고요했다. 노인은 다시 계단을 내려갔다.

잠시 뒤 닫힌 문이 열리고 운영이 고개를 내밀었다.

"그놈 맞아요. 사람으로 다시 돌아갔어요."

성희가 말했다. 다시 그 얼굴을 본 순간 두려움에 몸을 떨었지만, 더는 주저하지 않겠다는 듯 앞장섰다. 계단에 이르러서는 놈이 사라졌는지 확인하고 위층으로 올라갔다.

"국씨가 시간을 끌어줘야 할 텐데……."

밑을 내려다보던 운영은 바로 5층의 현관문을 여는 성희를 뒤쫓았다. 안으로 들어서기 전부터 비릿한 피 냄새가 훅 끼쳤다. 손등으로 코를 막은 운영은 현관 앞에 멈춰선 성희를 의아하게 쳐다봤다.

"이게 무슨 냄새……."

성희의 어깨 너머로 거실이 보였다. 그곳에 널브러진 남자가 있었다. 바닥은 피로 얼룩졌고 그 남자는 미동도 없었다.

"죽은 거예요?"

사람인지, 귀신인지, 가늠하다가 그래도 피 냄새가 진동하는 거 보면 사람의 시체 같다고 운영은 생각했다. 한편으로는 그 생각이 틀리길 바라기도 했다. 귀신을 보는 것도 무서워 죽겠는데, 사람의 시신이라니! 처음 목격하는 광경에 혼란스러웠다. 정말 죽었다면 어떡해야 하지?

"성희 씨, 괜찮아요?"

운영은 저도 괜찮지 않은데 성희는 오죽할까 싶어 물었다.

"아버지예요."

"네?"

떨리는 목소리에 운영은 화들짝 놀랐다. 성희는 마음을 다잡고 걸음을 옮겼다. 거실 한복판으로 가서 움직임도 없는 아버지를 내려다봤다. 그 얼굴은 붉게 부풀고 멍이 들었다. 굳어버린 핏자국. 자신이 알던 아버지가 맞는지 의심스럽다가도 어떤 확신이 들었다. 이 시신은 아버지라고. 문득 안개 속에서 자신을 쫓던 아버지의 피 흘리는 얼굴이 떠올랐다. 어쩌면 그때 아버지는 이미 죽었던 게 아닐까.

"병 때문이 아니라 맞아서 죽다니."

"성희 씨."

"저는 괜찮아요. 그렇게 욕심껏 살던 사람의 끝이 참 허무하군요. 슬프지도 않네요."

"인과응보죠. 슬프지 않은 게 당연해요. 일단 다른 곳도 살

펴봐요. 어딘가에 성희 씨 몸이 있을 거예요."

운영은 시체에 시선을 두지 않으려 애쓰며 방문을 열기 시작했다. 그리고 화장실 문을 연 순간 입을 틀어막았다. 어두운 화장실에 거실의 불빛이 밀려들었다. 그 빛에 욕조에 담겨 피에 젖은 성희의 육신이 드러났다.

"성희 씨, 여기에……."

운영은 비틀거리며 뒷걸음질 쳤다. 아버지의 죽음에 충격을 받지 않았다지만, 성희는 피 흘리고 망가진 제 몸을 보면 분명 충격받을 것이다. 저 몸으로 되돌아가면 극심한 고통으로 쇼크사 할지도 몰랐고, 119를 불러도 여기까지 올 수 없으니 결계 밖으로 데려가야 하는데 움직이면 안 될 테고. 일단 성희와 의논을 해봐야…….

순간 화장실을 비추던 불빛에 그림자가 어른거렸다. 파르르 떨리던 그림자가 점점 커져 화장실은 이내 어두워졌. 뒷걸음치던 운영은 뒤에 뭔가가 닿자 숨을 들이켰다. 뒤에서 씨근덕거리는 뜨거운 숨이 목에 닿았다.

"이건 또 뭐야? 익숙한 냄새가 나서 돌아왔더니 이런 게 있네?"

머리 위에서 들리는 쇳소리에 운영은 뒤를 흘깃 돌아봤다. 거실 불빛을 받아 금빛 털이 반짝이는 돼지머리가. 이게 금돼지? 성희 씨는 어디에 있지? 운영은 급히 눈만 굴려 집안을 봤다. 그리고 금돼지 뒤를 보며 소리쳤다.

"안 돼요, 성희 씨!"

놀란 금돼지가 뒤를 돌아봤다. 그때를 놓치지 않고 운영은 화장실로 들어가 문을 잠갔다.

"허헛!"

금돼지가 어이없다는 듯 헛웃음을 내뱉는 소리가 얄팍한 합판 문 너머에서 선명하게 들렸다.

"지금 그것도 속인 거라고……."

금돼지가 중얼거리는 말에서 분노가 여실히 느껴졌다. 성희가 없는 걸 확인한 운영은 본능적으로 속이고자 소리쳤을 뿐이다.

운영은 몸으로 힘껏 문을 밀며 입술을 짓씹었다. 독 안에, 아니, 화장실에 든 쥐나 다름없었다. 심장이 방망이질했다. 공포로 머리가 돌아가지 않았다. 돌아갔으면 여기가 아닌 다른 곳으로 뛰었을 텐데! 가령 밖으로 나가는 문이라든가. 어쨌거나 운영은 부디 주먹 한 방에 문이 열리지 않았으면 하고 바랐다.

"솔직히 속을 줄은 몰랐는데 말이죠. 일단 대화, 대화로 해결합시다!"

"대화? 냄새로 보아 너 사람이지? 사람이 어떻게 여기로 왔지? 제 발로 이 금돼지에게 찾아오다니. 좋아. 순순히 나

온다면 내 노예로 삼아주겠다. 좋은 말 할 때 나오는 게 좋을 거야."

"저는, 흠흠, 저는 저승길 상인회 사람 대푭니다. 저를 협박하고 괴롭히면 저승길 귀신 상인님들의 반발이 있을 겁니다!"

쾅! 금돼지가 성질이 났는지 화장실 문을 내리쳤다. 운영은 화들짝 놀랐다.

"그게 뭐? 그따위를 내가 신경이라도 쓸 것 같아? 잔말 말아! 내가 힘쓰게 하지 말란 말이야. 이 문짝 주먹질 한방에 부서질걸. 그렇게 되면 어떻게 되는지 알아? 널 잘근잘근 씹어 먹어줄 거야. 오늘 일이 틀어지는 바람에 신경질이 잔뜩 났거든."

"모르시나 본데 나는 사천왕의 가호를 받고 있어요. 손끝 하나 댔다간 불지옥을 맛볼 거라고요!"

"거짓말! 셋 세겠다! 하나!"

전혀 신경 안 쓰잖아!

"구, 국 씨! 살려줘요! 국 씨!"

운영은 소리높여 국을 부르기 시작했다. 젠장! 휴대폰을 사주든가 해야지! 여기서 소리 지른다고 그가 들을 수가 있을까?

"둘!"

쿵! 금돼지가 다시 문을 쳤다. 이번엔 어찌나 셌는지 문짝이 덜컹거렸다.

"국아악!"

"허어억!"

그때 욕조에 있던 성희가 숨을 크게 들이키며 상체를 일으켰다.

"국, 아, 씨발 깜짝이야! 미안해요. 성희 씨 괜찮아요?"

운영은 문 앞에서 잠시 멈칫거리다가 고통스러워하는 성희의 곁으로 갔다. 곧 셋을 외친 금돼지가 문을 부수고 들이닥칠 것이다. 쾅! 성희의 옆으로 가자마자 요란한 소리와 함께 문이 부서졌다. 성희를 감싼 운영은 눈을 질끈 감았다.

|||||

국은 운영이 시킨 대로 철문을 두드리며 큰소리로 여관 주인을 찾았다. 도돌이표처럼 '주인장 계시오? 어디 계시오? 안 계시오? 어서 나오시오!'라고 쩌렁쩌렁하게 외치니 계단에서 이를 듣고 귀신들이 하나둘씩 내려왔다.

면면에 다양한 표정이 드러났다. 호기심, 두려움, 분노. 이런데도 주인은 나오지 않았고 그들 사이에서 잔뜩 불만 어린 사내가 국의 앞으로 다가왔다.

"혼자 전세 내셨나, 왜 이리 시끄러워? 당신 여관에 쉬러 온 손님이 안 보여?"

"여기 주인장은 못 봤습니까?"

"알 게 뭐야? 지금 나 무시하는 거야?"

"네. 급하고 중요한 일이니 양해해 주시길. 주인장! 어서 나오시오!"

다시금 문을 두드리고 소리치자 사내가 참지 못하고 국의 옷깃을 잡아챘다. 완력으로 밀고 당겨도 미동 하나 없는 국은 사내에게서 신경 끄고 주인장을 부르려 다시 입을 열었다. 그런데 바람결에 운영의 목소리가 들렸다.

"국아······!"

국이 손을 내젓자 사내의 몸이 계단에 선 귀신들 사이로 날아가 바닥을 굴렀다.

국은 여관 밖으로 나갔다. 그리고 5층을 보고는 땅을 박찼다. 그 몸이 허공에 치솟았다. 창문을 부수고 거실로 들어가자 떨어지는 유리 파편 사이로 금돼지가 보였다. 국은 문을 부수려는 금돼지를 향해 몸을 날렸다.

창이 깨지는 소리에 반사적으로 고개를 돌리던 금돼지는 갑작스러운 충격을 받고 바닥을 굴렀다. 금돼지가 고통스러워하며 앞에 선 국을 올려다봤다.

"지, 지······ 국······."

사천왕 중 하나인 국을 마주하자 두려움에 몸을 떨었다. 사천왕의 가호를 받는다던 여자의 말이 정녕 사실이란 말인가? 화들짝 놀라 손을 뻗었다.

"잠깐, 제발 부디 자비를……."

선뜩한 바람이 불었다. 그 앞에 무릎을 꿇으려던 금돼지가 갑자기 목을 틀어쥐고 작은 두 눈을 끔벅였다. 무슨 일이 벌어진 거지? 언제 꺼냈는지 국의 손에 잘 벼린 환도가 들려 창백한 불빛에 번뜩였다. 목을 붙든 금돼지의 손에 뜨거운 피가 흘러넘쳤다.

"그동안 충분히 개과천선할 시간이 차고 넘쳤을 터였다. 수많은 죄에도 지금에야 단죄하는 걸 감사히 여겨라. 지옥에서 그 죗값을 다 받으려면 아주 오래 걸릴 테지만."

금돼지의 몸이 바닥에 허물어졌다.

국은 고개를 돌려 굳게 닫힌 문을 바라봤다. 손을 뻗어 손잡이를 돌리자 잠금쇠가 부러지고 문이 열렸다. 화장실 스위치를 켰다. 성희를 끌어안은 운영의 모습이 보였다. 잘게 떠는 그 어깨를 본 국은 한숨을 내쉬었다. 운영이 질끈 감았던 눈을 떴다. 그리고 문 앞에 선 국을 올려다봤다.

"왜 지금 왔어요! 내가 얼마나 불렀는데에! 진짜 죽는 줄 알았잖아요오!"

국은 버럭버럭 소리를 지르는 운영에게 다가갔다.

"목소리가 우렁찬 거 보니 괜찮은가 보군요. 그래도 다음엔 이름을 부르는 거 말고 다른 게 필요한 거 같습니다."

국은 다음부턴 절대 옆에서 떨어지지 말아야겠다고 생각했다. 어찌나 겁에 질렸는지 생기 돌던 운영의 얼굴이 죽은 혼백처럼 창백하다. 그렁그렁 눈물이 맺힌 눈을 몇 번 깜박이던 운영이 눈살을 찌푸렸다.

"다음이라뇨? 다음은 없어요! 절대!"

국은 작게 신음을 내는 성희를 살피더니 안주머니에서 작은 호리병을 꺼냈다. 다친 상처를 낫게 하는 장천의 약이었다. 물약을 피 흘리는 입에 흘려 넣었다.

"내 말 듣고 있어요?"

울음이 섞인 목소리에 짜증이 묻어났다.

국이 피식 웃으며 운영의 어깨를 두드렸다.

"어쨌거나, 잘했어요. 사람을 구했네요."

잠시 뒤 성희의 입에서 신음 대신 고른 숨소리가 들렸다. 운영은 성질을 내던 것도 멈추고 성희를 살폈다.

"괜찮겠죠?"

"덕분에요. 이제 구급차를 부르러 가야겠습니다. 성희 씨는 뺑소니 교통사고를 당했지만, 금방 일어날 거거든요."

국은 성희의 몸을 조심히 안아 들었다. 그 뒤를 따라나서던 운영은 거실에서 금돼지의 시체를 발견했다. 시체가 무서워서 국의 뒤에 바짝 붙어섰다. 다시금 죽을 뻔했단 생각에 억울해져서 운영은 입술을 삐죽였다.

"정말이에요! 다음은 없어요!"

|||||

매미 울음이 창을 넘었다. 성희는 감았던 눈을 떴다. 새하얀 천장이 보이고 익숙해지지 않는 약품 냄새에 가물거리는 정신이 또렷해졌다. 상체를 일으켜 병실을 둘러봤다. 6인실의 침상 중에 몇은 비어 있거나 커튼이 쳐져 있었다.

문이 열리고 간호사가 들어왔다. 상냥한 인사와 함께 혈압을 재고 맥박을 쟀다. 약은 먹었는지, 괜찮은지를 물었다. 성희는 말없이 고개를 끄덕였다. 그리고 고개를 돌려 창밖을 바라봤다. 내리쬐는 태양 아래 플라타너스 잎이 힘없이 흔들렸다.

창에 비치는 간호사의 창백한 얼굴에 피가 흘렀다. 뚝뚝 방울져 떨어지는 소리가 귓가에 닿았다.

'가끔 죽을 뻔했던 분들이 귀신을 본다더라고요.'

생령에서 제 몸으로 돌아온 성희는 계속 귀신을 봤다. 겁에 질린 성희가 운영에게 그 얘기를 하자 며칠 뒤 문병을 온 운영이 염주 팔찌를 건넸다. 이게 도와줄 거란 말과 함께.

성희는 침상 위에서 그 염주를 찼다. 다른 침상으로 가던 간호사의 모습이 사라졌다. 염주를 만지작거리던 성희는 계속 뭔가가 찜찜했다. 이상했다. 자신을 괴롭히던 아빠는 실종으로 처리됐고 오롯이 혼자가 되었다. 후련했고 씁쓸하기도 했는데 뭔가를 잊은 느낌이라 헛헛했다.

문득 안개로 가득한 저승길에서 빨간 우산을 쓰고 길을 알려준 여자의 모습이 떠올랐다. 아득한 기억 저편에 아버지의 목소리가 들렸다.

"네 엄만 줄 알았다."

성희는 침상에서 내려왔다. 건물에서 추락한 몸이지만 신기할 만큼 회복이 빨랐다. 저승길에 다시 돌아가야 했다. 그 빨간 우산을 쓴 여자를 만나보고 싶었다. '설마'라는 생각, '말도 안 돼'라는 생각이 들었다.

하지만 죽은 자들이 저승으로 향하는 길이 존재한다는 것도 믿을 수 없는 얘기잖아?

'엄마를 마지막으로 만날 수만 있다면.'

하지 못한 마지막 인사를 나눌 것이다. 엄마가 잘 키웠으니 그대로 잘 살겠다고. 웃으며 다시 만나자고.

||||

"안녕하세요."

이른 아침부터 골목집 앞에 사천왕이 나와 있었다. 쨍쨍한 햇빛이 커피숍 안으로 밀려들었다. 새벽에 동네 한 바퀴를 뛰고 온 운영은 샤워를 마치고 커피와 음료를 챙겨 뒷골목으로 나갔다. 해가 들지 않은 골목길은 꽤 선선했다.

손을 흔들어 반기는 목의 옆에 접이식 의자를 놓고 그 위에 음료와 컵을 부려놨다.

"어르신과 목이는 고소한 견과류와 초콜렛 맛이 나는 너티 블랜드로 준비했어요. 더운 날씨인데도 뜨거운 걸 선호하셔서 핫으로 준비했습니다."

운영이 보온병에 담아온 커피를 컵에 따라 문에게 먼저 건넸다. 목이는 알아서 자기 컵에 커피를 따르며 말했다.

"운영이 네가 모르는 게 많아. 지옥 불을 안다면 이건 시원한 정도인걸."

"영원히 모르고 싶네요."

커피를 한 번에 들이켠 목이가 껄껄 웃었다.

"착하게 살면 되지!"

"단순한 것 같지만 이 험난한 세상에서 가장 어려운 일이에요."

운영은 장천에 어울리는 커피를 준비했다.

"이건 산미가 있는 콜롬비아 블랙베리 민트인데요. 국 씨한테 들었는데 약초 키우신다면서요. 이게 끝맛에 민트 향이 올라오거든요. 좋아하실 거 같아서 준비해봤어요."

"오, 한 섬세 하시는구려! 잘 마시겠소. 약초 얘기가 나와서 말인데 한번 놀러 오시오. 내 약초 구경을 시켜줄 테니. 천상의 약초들도 많고, 신기하고 믿어지지 않을 효능을 가진 것들도 참 많소이다. 필요한 게 있다면 가져가도 좋소!"

"씨씨티브이 같은 건 없어도 좋을 소식이로군요."

장천이 만든 약을 먹은 성희가 빠르게 낫는 걸 본 운영은 장천의 집에 있을 다른 약초를 구경할 생각에 신이 났다. 목이가 세 번째 커피를 마시려다가 운영의 말에 눈을 동그랗게 떴다.

"그게 무슨 말이야?"

"저번에 국 씨와 함께 성희 씨를 돕기로 했을 때 말이죠. 증거가 있어야 나설 수 있다지 뭐예요? 그래서 씨씨티브이나 그 과거를 보는 거울 같은 물건이 없냐고 물었죠."

"우리가 증거가 있어야 움직였나?"

목이 장천을 봤다. 장천이 어깨를 으쓱이다가 문을 바라봤다. 커다란 손이 운영의 머리 위를 눌렀다. 고개를 들자 국이 손을 올린 채 미소를 지었다.

"난 말차라떼 아이스로."

"어떻게 알았어요? 코코아 재고가 떨어져서 말차라떼로 가져왔는데!"

아이스 말차라떼를 컵에 따르자 안에 든 얼음이 팽그르르 돌았다. 티스푼을 건네며 운영은 픽 웃었다.

"저도 증거가 있어야 나설 수 있다는 말 믿지 않아요. 그저 귀찮아서 하는 말이었겠죠. 그래도 제 목숨과 성희 씨도 구해줬으니 결론은 고마워요. 잘 저어서 마셔요."

"으휴, 내 그 여관 사장 더 곤죽을 만들었어야 했는데. 감히 금돼지와 손을 잡아?"

목이 주먹을 꽉 쥐었다. 여관 사장은 금돼지의 협박에 장소를 빌려줬을 뿐이라고 변명했다. 하지만 요괴가 사람을 불러들여 사기 및 살인하는 걸 방관했고 명령에 따라 시체를 유기했다. 국의 등장에 도망까지 쳤고. 결국 여관 사장은 즉결처분으로 금돼지를 따라 불지옥으로 갔다.

목이 국을 흘겨보며 운영의 팔에 팔짱을 꼈다.

"담엔 내가 같이 가줄게. 무슨 일이 있어도 지켜줄게!"

"다음은 없다니까요. 사람 목숨은 하나라고요."

운영은 목의 손을 빼려고 했다. 목이 더욱 붙어 앉았다.

"죽으면 여기서 우리랑 천년만년 함께하면 되잖아! 오천왕 하자!"

운영이 인상을 찌푸렸다.

"그런 스카웃 제의는 사양이에요! 어쨌거나 이 일을 계속하려면 제 목숨을 부지하는 규칙을 공고하게 해야겠어요!"

"권력 남용입니다."

말차라떼를 마시며 국이 대꾸했다.

"권력 남용이라뇨? 저승길 상인회의 유일한 사람 대표로서 혼자서 밤낮 할 거 없이 애쓰고 있잖아요! 다크서클까지 내려왔다고요! 주간 알바를 구하든가 해야지. 뭐 상생은 나만 하나? 위험한 일이 비일비재한 곳이니 그런 거라도 있어야죠!"

"내 수호 부적을 주겠네."

문이 인자한 미소를 지으며 말했다.

운영이 안도의 한숨을 내쉬었다. 어르신이 준 팔찌의 어마어마한 힘을 맹신했기 때문이다.

"그래 주시면 감사하죠."

"소중한 사람 대표에게 다신 이런 일이 있으면 안 되지. 그리고 저승길 어디를 가든 우리 넷 중 하나가 함께하겠네. 계속 천지 분간도 못 하는 놈들이 나타날지 모르니."

운영의 표정이 모호해졌다. 아니 그건 고마운데, 그런 위험한 일은 다신 하고 싶지 않은데, 잠깐 이 일 자체가 위험한 건가?

국이 혀를 차더니 주머니에서 뭔가를 꺼내 운영에게 줬다. 손가락 두 마디 정도 길이에 가는 나무 관이었다. 그 끝에 붉은 실로 매달아 목에 걸 수 있게 해놨고 나무 표면엔 깨알같이 새겨진 한자가 만져졌다.

"이게 뭐예요?"

운영은 눈을 가느스름하게 떠 나무 조각에 뚫린 구멍 안을 바라봤다. 아무것도 없는 빈 관이었다.

"호각입니다. 급박할 때 부르면 제가 갈 겁니다."

뭐 목청껏 소리 지르는 것보단 훨씬 낫겠다는 생각에 얼른 목에 걸었다.

"쟤 바쁘면 내가 갈 거야!"

호각 끝을 입에 무는 운영의 팔을 목이 다시 붙들었다.

"고맙습니다. 근데 이거 소리가 안 나는데요?"

숨을 불어넣어도 바람 빠지는 소리만 들리자 목이 귀를 막았다.

"우린 아주 잘 들리니 그만 불어."

운영은 문득 이와 비슷한 걸로 매나 강아지 훈련을 하는 걸 본 기억이 났으나 절대 그 생각을 입 밖에 내지 않기로 다짐했다.

"아, 넵!"

그때 하늘에서 비둘기가 날아왔다. 문이 자리에서 일어났다. 비둘기가 바닥에 앉자 운영은 순간 당황해서 손에 든 호각과 비둘기를 번갈아 봤다. 설마 이것 때문인가?

"오랜만에 어쩐 일이셔요?"

문이 비둘기를 보며 물으셨다. 운영은 어리둥절 눈만 끔벅였다.

"옷가게에서 보내셨습니다. 그분이 뵙고자 하십니다."

비둘기가 구구거리며 말했다. 운영의 입이 떡 벌어졌다. 국과 눈이 마주치자 입을 뻐끔거렸다.

"비둘기가 말을 해요? 대박!"

"저승길도 있는데 비둘기가 말을 안 할까."

국이 지난번 빈정거렸던 운영의 말을 그대로 돌려줬다. 그의 팔을 때린 운영은 씩 웃었다.

요 며칠 일에 정신없이 휘둘렸다. 저승길의 존재를 알게 되고, 그들과 함께 일하고, 죽을 뻔도 했다. 그 짧은 시간에 인생에서 돈을 버는 것만이 중요한 게 아님을 깨달았다. 삶과 죽음은 결계로 그어졌을 뿐 가까이에 존재했다.

저승길에서 귀신들에게 남은 건 자신의 가치관이 만들어낸 지난 삶의 추억이다. 얼마나 잘 살았는가, 못 살았는가를 판가름하는 건 신이 아닌 고인의 마음이 아닐까.

저승길을 지키는 상인들도, 그곳을 지나가는 귀신들도 한때는 사람이었고 별다를 건 없었다. 선의와 악의, 욕망의 감정은 이승의 사람과 마찬가지다. 그렇기에 운영은 바르게 사는 것이 자신에게 떳떳한 것임을, 그것이 끝내 잘 살았다고 할 만한 것임을 다짐했다.

'그렇다고 바르게 사는 것이 무엇이냐고 묻는다면 목이의 말처럼, 되도록 착하게 살자!'

운영은 고개를 끄덕였다. 언제 죽을지 모르니.

죽음과 관련되어서 그런지 조금은 객관적으로 상황을 인식하게 됐다.

인생을 실패했다고 생각했지만, 그건 실패가 아닌 경로 조정일 뿐이란 걸 깨달았다. 하나의 커다란 인생에서 수많은 갈래의 길 중 방향을 잘못 잡았을 뿐 스스로 질책할 만큼은 아니란 것. 운영은 비로소 조금 알 거 같아 마음이 놓였다.

굳이 산티아고에 가지 않아도 자아 성찰을 할 수 있다니! 지금 이곳이 산티아고가 아니던가!

"그런데 그분이 누구예요?"

"소원을 들어주시는 석불입니다. 구제 옷가게를 하는데 며칠 전에 수십 년 전 옷을 빈티지 패션 수집가에게 팔아 큰돈을 벌었다고 하더군요."

"헐, 대박 짱 멋있다."

세상에 그런 분이 계신다고? 하긴 저승길도 있는데 그런 분도 계시겠지. 그런데 큰돈도 버셨다고? 뭘 하시든 대박 나시는 분 아닌가? 어쨌거나, 대박 좋겠다. 운영은 자꾸만 벌어지는 입을 다물었다.
 '나도 소원 빌래!'

제 3 장

지하 횟집

커튼 친 어두운 방, 불쑥 휴대폰 화면에 불이 들어왔다. 다시금 차가운 바람을 내뿜는 에어컨이 돌아가는 소리 사이로 '카톡' 메시지 알림 소리가 연이어 났다. 깊은 잠에 빠져 있던 종민은 잠을 깨우는 소리에 몸을 웅크렸다. 더 자고 싶은 마음에 알림을 무시하지만, 상대는 집요했다. 결국 손을 뻗어 휴대폰을 들었다. 불빛에 부신 눈을 한껏 찡그리며 화면을 보자 고등학교 친구 구영이었다.

- 장종민, 잘 지내냐?
- 야 너 일 관뒀다며?
- 너희 어머니 아까 만났는데, 너 수원에 와 있다며?
- 그러면 진작에 이 형님한테 연락했어야지!
- 나와라. 날도 더운데 집에만 있으면 쓰냐. 술이나 한잔

하자.

"엄마는 별걸 다 말해."

종민은 손등으로 눈을 비비며 하품을 크게 했다. 휴대폰을 바닥에 던지고 몸을 모로 돌렸다. 피곤했다. 밤새 게임을 하다 동틀 때 누웠다. 더 자고 싶었다.

구영이의 메시지대로 종민은 얼마 전에 다니던 회사를 그만뒀다. 애초부터 자신과 맞지 않은 곳이었다.

군대 다녀오고 9급 공무원 준비를 했었다. 금방이면 될 것 같았는데 합격은 커녕 계절만 바뀌어 갔다. 학원비며 생활비를 대주던 부모님 눈치를 보면서 3년을 끌었다. 그동안 희망은 무참히 짓밟혔고 자존감은 바닥을 쳤다. 아버지는 더는 안 되겠다며 공부를 접으라고 했다. 자식 머리에 돌이 들었다는 걸 자식보다 먼저 인정하셨다.

"군대 한 번 더 갔다 온 거라 치고 아빠 친구가 하는 회사에서 사람을 구한다고 하니 거기나 가."

그렇게 종민은 중소기업 식품 회사의 영업부에 들어갔다. 깎여 나간 자존감은 회복되지 않았고 숨도 제대로 못 쉴 만큼 망가진 종민에게는 버거운 곳이었다. 거래처를 돌아다니며 억지로 웃고 비위 맞추는 게 끔찍할 만큼 힘들었다. 점점 스스로를 믿을 수 없을 지경이 되었다. 뭘 할 때마다 선배에게 물었다. 의존도는 점점 커져서 선배는 힘들어했고 결국 터졌다.

"네가 애냐? 성인이면 혼자 생각하고 행동할 줄도 알아야지. 너 여기 다닌 지 오 년이야! 그런데 아직까지 뭐 혼자 제대로 하는 거 없다는 게 말이 돼? 하겠다는 생각도 없고, 하나부터 열까지 물어보고 또 묻고. 내가 일하러 왔지 애새끼 키우러 왔냐? 우리 딸도 너보다는 낫겠다. 그럴 거면 관둬!"

종민은 그날 사직서를 냈다. 언제나 품에 품고 있었다. 사직서마저 선배가 말해서 낸 셈이었다. 그 순간 진저리치던 선배의 얼굴이 떠올라 종민은 눈을 질끈 감았다.

고문관 같은 새끼!

머릿속에서 자신을 향한 욕설이 불쑥불쑥 치밀었다. 버릇과도 같이 스스로를 질책했다.

그때 머리맡에 던져둔 휴대폰에서 벨 소리가 울렸다. 무시하려고 해도 잠시 멈춘 벨 소리는 다시 이어졌다. 짜증을 내며 휴대폰을 다시 봤다. 구영이었다.

|||||

"적성에 맞지 않아 하더니 아주 좋아 보인다."

불판에 고기를 올리며 구영이 능글맞게 웃었다.

전화를 받지 않으려고 했지만, 구영이는 꽤 끈질겼다. 받을 때까지 해대서 전화를 받으니 남문으로 나오라고 했다.

'우리가 자주 가던 고깃집에서 한잔해야지.'

귀찮다고 해도 나오라고 성화였다. 엄마한테서 뭘 어떻게 들었는지 오지랖을 부렸다. 집요한 그 성격을 모르는 것도 아니라서 종민은 어쩔 수 없이 수락했다.

구영의 첫마디에 종민이 눈살을 찌푸렸다. 좋아 보이긴 개뿔. 말없이 소주를 마시자 구영이 빈 잔에 술을 따랐다.

"그래 마시고 죽자!"

구영은 종민의 술잔에 제 잔을 부딪쳤다. 빈속에 술이 들어가자 머릿속에서 둥둥 떠다니던 수많은 욕설이 팽그르르 돌았다. 단어들을 알아볼 수 없으니 더는 상처받지 않아서 기분이 좋아졌다.

"우리 이렇게 만난 게 몇 년 만이더라? 오 년 만인가? 너 공무원 시험 본다고 하던 때가 마지막이었지?"

"때려치운다고 할 때가 마지막이었지."

구영이 눈을 깜박거렸다.

"아 그랬나?"

제법 살집이 있는 손으로 머리를 긁적였다. 그리고 이내 히죽 웃었다.

"난 그래도 너 공무원 될 거라 확신했거든. 넌 공부를 잘했으니까. 나한테 공부도 가르쳐줬잖아."

고등학교 때 큰 덩치와 힘으로 유명했던 구영이는 일진 친구들과 어울렸다. 모범생이던 종민과는 이렇다 할 접점이 없었으나 2학년 여름에 구영이 하교하던 종민을 불러세웠다. 삥 뜯기는가 싶어 불안해하는 종민에게 고등학교 졸업은 해야 되겠다며 공부를 도와달라고 했다.

"그땐 졸업장이라도 있어야 제대로 된 일을 하겠다 싶었거든."

"너 무슨 조직에서 데려가려 한다고 소문이 파다했었는데."

"너는 그걸 믿었냐?"

종민은 그때를 떠올렸다. 네 명이 한꺼번에 덤벼도 기합 한 번에 모두가 힘도 쓰지 못하고 바닥을 굴렀다.

"안 믿을 수가 없었지. 힘도 좋고. 씨름 감독님이 너 데려가려고 공들이기도 했었잖아."

"그때 거기 갔어야 했는데. 평범하게 살고 싶다는 거에 꽂혀서. 지금 생각해 보면 씨름도, 조직도 평범한 거지."

키득거리는 구영의 말에 술 마시던 종민이 멈칫거렸다. 그러고 보니 종민은 현재 구영이 무슨 일을 하는지 몰랐다. 자기 비하로 스스로를 좀 먹느라 바쁜 나머지 아무에게도 관심이 없었다. 그래도 물어보는 게 예의 같아서 입을 열었다.

"너는 요즘 뭐 하고 지내?"

고기를 입에 넣던 구영은 다시금 히죽 웃었다.

"사냥꾼이랄까. 확실하게는 낚시꾼."

"낚시꾼?"

"이게 사냥 같은 거라 준비하고 기다리는 게 힘들지만, 미끼에 걸릴 때 그 손맛! 그게 진짜 중독이다. 어휴 그것들 힘이 장난 아닌데, 나의 이 축복받은 힘 덕분에 백발백중이지."

젓가락으로 불판 위의 고기를 쿡쿡 찌르며 승리자처럼 웃는 구영의 모습이 순간 부러웠다. 그래서 불퉁한 목소리가 나왔다.

"낚시가 돈이 돼?"

"야 내가 물욕이 없어서 꼴이 이래 보이지만, 그걸로 꽤 벌었지. 나랑 같이 일하는 형님들은 위아래로 쫙 빼입고, 벤츠나 람보르기니 끌고 다니셔. 롤렉스 모으는 건 기본이고. 이 형님이 오늘 아주 풀코스로 쏠 테니까 맛있게나 드셔!"

그러면서 삼겹살 2인분을 추가했다. 삼겹살이나 먹으면서 허풍은. 종민은 입술을 삐죽이며 술을 마셨다.

"그럼 낚시하러 어디로 가는 거야? 서해? 동해? 다 다니나?"

"아니."

구영의 눈이 휘어졌다. 두툼한 눈두덩이가 도드라져 눈동자가 보이지 않았다. 그가 주위를 둘러보더니 몸을 앞으로 숙였다. 다가오라는 손짓에 종민이 몸을 앞으로 기울이자 작지만 또렷한 목소리가 귓가에 닿았다.

"수원이 왜 수원이냐? 물 수자에…… 암튼 물 많고, 맑고! 다양한 것들이 여기저기에 아주 넘쳐나지!"

"수원에? 너 민물 낚시해?"

민물낚시가 돈이 된다고? 종민은 구영의 말을 점점 더 믿기 힘들었다.

"어어, 못 믿네. 광교산에 저수지 있지. 가끔 거기 가서 잡거든. 물론 들어가면 안 되는 곳이지만, 그게 대수겠냐? 거기는 수원지이기 때문에 아주 귀한 것들이 잡혀. 그것들 잡느라 몇 달을 좆뺑이쳤거든. 좋아! 내가 쏘기로 한 거, 사줄게!"

구영은 테이블을 탁 하고 치며 일어났다.

"지금?"

아직 추가 주문한 삼겹살도 안 나왔는데? 구영은 어리둥절해하는 종민을 잡아끌었다. 어찌나 잡아끄는 힘이 센지 종민의 몸이 종잇장처럼 나풀거렸다. 선배들을 한주먹에 쓰러트리던 옛 기억이 떠올랐다. 그때보다 더 세진 것 같은데. 그들은 가게에서 나와 팔달문의 밤길을 걸었다.

졸업만은 하고 싶다던 구영이에게 공부를 알려주기 시작하며 둘은 가까워졌다. 구영은 시도 때도 없이 종민의 집으로 찾아왔고 특유의 너스레로 부모님 마음에 들기까지 했다. 오죽하면 둘째 아들이라고 했을까. 그들은 고등학교를 졸업할 때까지 붙어 다녔다.

함께 다니던 대중목욕탕을 지나고, 새로운 영화가 나올 때마다 가던 극장을 지나고, 목청껏 소리를 질러대던 노래방을 지났다.

빛바랜 어린 시절의 추억이 들러붙은, 네온사인으로 빛나는 길을 건너자 재래시장이 나왔다. 다들 퇴근했는지 가게마다 불이 꺼졌고 셔터가 내려가 있었다. 사람들로 북적였던 텅 빈 시장을 가로질렀다. 대체 어디로 가는 건지 구영은 발걸음이 가볍다. 시장과 개천가를 잇는 다리를 건너자 순대타운이 나왔다. 밝은 조명이 나오는 곳에서 왁자한 소음이 들렸다.

종민은 눈을 가느스름하게 떴다.

"그러니까 그걸 잡아서 순대로 만드는 거야?"

"그보다 더 기발한 거지. 이리로."

구영이는 순대타운이 아닌 지하로 가는 계단으로 내려갔다. 점점 소음이 멀어지고 어두워졌다. 한여름의 후끈한 열기마저 밑으로 내려갈수록 닿지 않는지 서늘한 기운이 느껴졌다.

"이런 데에 뭐가 있다고……."

계단 밑까지 내려간 구영이 굳게 닫힌 철문을 밀었다. 철컹거리는 큰 소음과 함께 문이 열렸다. 문 너머는 더욱 깊은 어둠이 자리하고 있었다. 구영이 힐끗 돌아봤다.

"먼저 들어갈래?"

장난스레 묻자 종민은 입술을 삐죽였다. 친구마저 자신을 무시하는 것 같아 기분이 나빴다. 평소라면 무섭긴 하겠지만, 술도 들어갔겠다, 구영이도 있겠다, 묘한 용기가 생겼다. 내가 겁낼 줄 알고? 종민은 구영을 지나쳐 열린 문 안으로 들어갔다. 어둠 속에 들어서자 소름이 돋았다. 몸서리치며 슬쩍 주위를 살피니 넓고 텅 빈 지하 공간 저 끝에 불빛이 보였다.

마치 어두운 바다 위에 표류하는 선박처럼 형광등을 밝힌 가게가 있다. 고래뱃속 횟집. 오로지 그곳만이 존재했다. 건물 특유의 냄새가 아니었다면 정말 고래뱃속이라 해도 구분하지 못할 기이함이었다. 이런 데에 횟집이라니.

구영이는 바지 주머니에 두 손을 찔러넣고 다시 앞장섰다. 얼이 빠진 종민은 그 뒤를 따라갔다. 삼면의 가벽에 입구는 문조차 없었다. 구영이 손을 흔들었다.

"안녕하십니까."

한쪽 구석에 앉아 TV를 보던 아주머니가 고개를 돌렸다. 창백한 얼굴에 붉은 립스틱을 바른 입술이 강렬했다. 조명 때문일까. 탁한 눈동자가 구영을 보다가 그 뒤에 선 종민에게 옮겨갔다. 빤히 쳐다보는 시선이 몸에 들러붙는 것 같아 종민은 몸을 떨었다.

"아, 얘 내 친구. 괜찮아요. 오늘 내가 잡아 온 거 먹이고 싶어서 왔어요."

"너는 돈 벌었으면 잘 모아서 결혼할 생각이나 하지 뭐하러 이걸 먹겠다고."

그렇게 말하면서도 횟집 사장은 자리에서 일어나 부엌으로 갔다.

"얘가 나 인간 만들어줬다니까. 얘가 범생인데 공부 가르쳐줘서 내가 고등학교 졸업했어요. 고마워? 안 고마워? 몇 번이나 사줘도 모자르다니까."

비닐 앞치마를 걸치고 그 끈을 묶는 사장의 시선이 다시 종민에게 향했다. 애써 그 눈을 피하며 그는 자리에 앉았다. 구영은 이곳에 꽤 익숙한 듯 반찬과 술과 술잔을 챙겨 테이블 위에 놨다. 수저를 챙기던 종민은 자리에서 일어났다.

"화장실 좀 다녀올게."

그 말에 구영이 한곳을 가리켰다.

"좀 컴컴한데 저 끝에 화장실 있거든. 물은 나오는데 불이 안 들어와. 핸드폰 가져가. 아님 같이 가줄까?"

"어이구 사내자식이 화장실을 같이 가?"

"어 사장님 그거 차별이야. 남자도 손도 잡고 같이 어디든 갈 수 있다고. 그리고 여기가 여간해야지. 갑자기 이상한 것들이 나오면 어떡해?"

"그냥 혼자 갔다 올게."

또 겁쟁이 취급을 하니 지긋지긋했다. 저 자식 머릿속에 비칠 자신의 이미지가 너무도 뻔해 보였다.

'고문관 같은 새끼.'

이를 뿌득 갈며 종민은 어둠 속으로 발을 내디뎠다. 빛에서 멀어질수록 점점 발밑이 보이지 않아 불안했다. 서늘한 공기 속에 생선 비린내가 가득했다. 취기에 몸이 일렁거렸다. 쏴아아. 물소리가 이어졌다. 까마득한, 한 치 앞도 보이지 않는 밤바다 앞에 선 것 같았다. 아찔해져 슬쩍 뒤를 돌아보자 횟집은 여전히 그곳에 있었다. 불 밝힌 횟집이 어둠 속에서 일렁거렸다.

종민은 주머니에서 휴대폰을 꺼냈다. 손전등 기능을 켜자 먼지 쌓인 발밑이 보였다. 비로소 단단한 땅에 발을 디딘 것처럼 안도감이 들었다. 종민은 한 줄기 빛에 의존해서 화장실에 도착했다. 남자 화장실 문을 여니 좁고 긴 복도와 그 옆에 칸막이가 있었다. 구영이의 말처럼 닫힌 문을 활짝 열고 어둠 속에서 뭔가가 튀어나올 것 같았다. 마른침을 삼키고 화장실 안으로 들어갔다. 겁쟁이는 아니니까.

"으악!"

그때 밖에서 단말마 같은 비명이 들렸다. 너무 놀라 그 자리에서 싸는 줄 알았다.

'이 자식이!'

종민은 구영이가 놀린다고 생각했다. 여기서 놀라 밖으로 뛰어나가면 배를 잡고 깔깔거리겠지. 얕보이기 싫어서 종민은 나가고 싶은 마음을 간신히 참고 볼일을 봤다.

구영의 말대로 화장실에 수도는 있었다. 물에 젖은 손을 옷에 대충 닦으며 종민은 빨리 화장실을 나왔다. 서늘한 바람이 휘휘 불던 화장실 내부가 선뜩해서 그새 흘린 식은땀이 말랐다. 한여름의 열대야도 이곳에선 전혀 느껴지지 않았으니 그건 좋다고 해야 하나?

가게로 돌아가니 여러 밑반찬이 상에 올라와 있었다. 오징어 고구마 튀김, 미역국, 상추, 고추, 마늘, 쌈장. 구영은 TV에서 나오는 뉴스를 보며 술을 마시고 있었다. 그 태평한 모습을 보니 종민은 그가 더 얄미웠다.

"이야. 정치인들은 어째 매번 레파토리가 똑같냐? 뇌물 받아먹고 몰랐다, 어쨌다. 알든 몰랐든 그걸 변명이라고. 주제에 맞지 않는 거 먹었으니 탈이 나지."

소주를 입에 털어 넣고 구영은 종민의 빈 잔에 먼저 술을 따랐다.

"우리 종민이가 정치를 해야 했는데. 안 그래?"
"내가?"
"그럼 우리 같은 국민이 좀 더 잘, 편히 살 텐데 말이야."
'이게 지금 누굴 놀리나? 공무원 시험을 그렇게 떨어진 나한테 무슨 정치 같은 소릴 하고 있어? 호구 되기에나 좋겠지.'

짜증이 치민 종민은 술을 연거푸 마셨다. 구영은 대답을 바라지 않은 듯 다시 시선을 뉴스로 돌렸다. 털털털, 선풍기가 돌아가는 소리가 침묵을 대신했다. 종민은 가게 내부를 좀 더 자세히 볼 수 있었다. 좌식 테이블이 안쪽에 있었고 그들은 플라스틱 테이블과 플라스틱 의자가 놓인 바깥에 앉았다. 철 지난 달력과 유명 여자 연예인이 선전하는 소주 포스터, 그리고 뒤늦게 눈에 띈 메뉴판.

인면어(국내산) 싯가, 이무기(국내산) 싯가, 심해 갈치(국내산) 싯가, 크로켄(노르웨이산) 싯가, 세이렌(아일랜드산) 싯가.

듣도 보도 못한 메뉴판이었다. 가격대는 모두 싯가라 알 수 없었고, 우럭이나 농어를 빗댄 농담인가 싶었는데 부엌에서 사장님이 커다란 접시를 가지고 나왔다. 테이블 위에 놓인 접시 위로 불그스름한 살점이 먹기 좋은 크기로 썰어 나왔다. 얼핏 보면 참치처럼 보였다.

"이야, 맛있겠다."

구영이 두 손을 비비며 입맛을 다셨다.

"이거 귀한 거니까 음미하면서 먹어야 해. 먼저 한 점을 그냥 먹어봐."

"아무것도 찍지 말고?"

사실 회는 초장 맛으로 먹는 종민이기에 구영의 제안이 못마땅했다. 그래도 사주겠다고 데리고 왔는데 원하는 거 하나쯤은 해주기로 했다. 회 맛이야 다 거기서 거기지.

선명한 붉은 색에 윤기가 흐르는 생선 한 점을 입 안에 넣었다. 부드러운 생선 살이 혀에 미끄러지고, 씹을 때 쫀득한 식감에 소리마저 쫀쫀함이 묻어났다. 고소한 기름이 입안에 퍼졌다. 생선의 비린 맛이 전혀 없었다. 육고기라고 해도 믿을 정도로.

이맛살을 찌푸리며 음미하는 종민의 눈치를 보던 구영이 키득거렸다.

"어때?"

"와, 이거 진짜 맛있다. 너무 맛이 고급져."

"자 어서 소주 한잔 마셔줘!"

구영이 술잔을 내밀며 말했다. 종민은 그 잔에 잔을 부딪치고 얼른 그 말대로 했다. 씁쓸하고 달큰한 술이 목구멍으로 넘어가자 저도 모르게 캬 소리가 났다.

"페어링 예술이지?"

소주에 기름기가 싹 가셨다. 깔끔해진 입안이 다시금 회 한 점을 불렀다. 종민은 삼겹살집에서 추가로 시킨 고기를 거들떠보지도 않고 나왔던 게 참 다행이라 생각했다. 허기가 졌다.

"천천히 먹어. 진작에 여기로 올 걸 그랬다."

빈 잔에 술을 따르며 구영은 뿌듯해했다. 맛있는 게 입에 들어가니 예민해졌던 감각이 누그러졌다. 이곳에 자신을 데리고 온 구영이 고마웠다. 이렇게 좋은 친구를 미워한 자신이 밉기도 했다. 그냥 장난기가 많을 뿐 악의는 없는 놈인데.

회가 쉼 없이 들어간다. 구영이의 실없는 농담에도 종민은 껄껄거리며 술잔을 내밀었다. 짠. 맑은 유리잔 소리가 경쾌했다. 술이 술술 잘도 들어갔다.

얼마를 마셨을까. 꽤 배도 불렀고 취하기도 했다. 구영도 기분이 좋은지 비틀거리며 일어났다.

"나 화장실! 같이 갈래?"

"그냥 혼자 가. 쫄았냐?"

"뭐래? 귀신이 나타난다 해도 한주먹거리야!"

"네네, 어련하시겠어."

그놈의 허풍은 참. 화장실로 향하는 구영의 뒷모습을 보던 종민은 반소매 밑으로 드러난 근육질의 팔뚝을 보고 생각을 고쳐먹었다. 저 정도 근육이면 귀신도 충분히 때려잡을 수 있겠다고. 인정하긴 싫지만 말이다.

어둠 속으로 사라지는 구영을 보던 종민은 어느새 어두운 공간, 여러 테이블이 놓인 자리에 자리 잡고 앉아 술을 마시는 이들을 발견했다. 그들은 횟집의 불빛이 채 닿지도 않을 텐데 아무렇지도 않은 듯이 회와 술을 마셨다.

'그나저나 언제 왔지?'

구영과 대화하느라 기척도 느끼지 못했다. 종민은 두 손으로 얼굴을 쓸었다. 꽤 취했다. 오랜만의 술자리였다. 처음엔 만사가 싫었는데 제법 괜찮은 하루다.

"이렇게 맛있는 것도 먹고 말이야."

물리지 않는 회를 먹고 술을 마셨다.

"아휴 오늘 뭔 날이야? 손님이 이렇게 밀려들고. 꼭 이 양반이 없을 때 바쁘지."

바쁘게 테이블 사이를 오가던 사장님이 종민의 뒤를 지나쳐 쟁반을 대나무 발로 가린 수조에 올려놨다. 그리고 부엌으로 허둥지둥 들어갔다. 그 뒷모습을 힐긋 보던 종민의 눈에 쟁반이 기울어져 흔들리는 게 보였다. 기어이 떨어지는 순간 종민은 손을 뻗어 잡았다. 대나무 발까지 함께 잡는 바람에 가려둔 발이 벗겨졌다. 자리에서 일어나던 종민은 수조를 보고 멈췄다.

탁한 수조 안, 물속에서 유유히 헤엄치는 커다란 생선이 보였다. 은빛 비늘이 형광등에 빛났다. 커다랗고 부드러운 지느러미가 탁한 물을 걷어냈다. 종민을 곧은 시선으로 바라보던 그 눈이 깜박였다. 음영이 진 콧대와 물속임에도 붉은 입술이.

종민은 자신의 눈을 비볐다. 술에 취해 헛것이 보이는 것 같았다. 물고기와 시선을 마주친 것도 신기한데, 그 얼굴이 마치 사람과도 같아서 헛웃음까지 났다.

"이제, 그만 마시든가 해야겠다."

그러다 문득 메뉴판에 인면어가 적혔던 게 기억났다. 종민은 수조 앞으로 가까이 다가가 유리에 얼굴을 갖다 댔다. 찬 기운이 이마에 닿았다. 물고기가 더 가까이 다가왔다. 자세히 볼수록 진짜 사람, 그것도 여자 얼굴이어서 종민은 제 뺨을 때렸다.

꿈은 아니고.

"진짜 인면어라고?"

입 밖으로 낸 말이 제 귀에 이상하게 들렸다. 인면어도 낯선 단어인데 지금 보고 있는 것도 어이가 없었다. 그 인면어가 입술을 뻐끔거렸다.

'살.려.주.세.요.'

인면어가 그렇게 말했다. 살려달라고.

|||||

 종민은 감았던 눈을 떴다. 오후의 햇빛이 침대 위로 쏟아지고 있었다. 잠시 눈만 깜박거리다가 지금 자신의 방 침대에 누워 있음을 깨달았다. 밀려오는 숙취로 머리가 깨질 것 같았다. 쓰린 속을 부여잡으며 종민은 몸을 모로 돌렸다. 대체 얼마나 마셨는지 기억이 나지 않았다. 집에 어떻게 왔는지도.

 끙끙거리던 종민은 침대에서 힘겹게 일어났다. 상체만 일으킨 건데도 시야가 빙글빙글 돌았다. 다리에 힘이 들어가지 않아서 잠시 앉아 있다가 어지러움이 좀 가라앉고 나서 겨우 몸을 일으켰다.

 방 밖으로 나가자 집 안은 고요했다. 부엌으로 가서 냉장고에서 생수를 꺼냈다. 마른 목을 축이는데 수조 안에서 빼끔거리던 여자 얼굴이 떠올랐다.

 종민은 그대로 식탁으로 가서 앉았다. 간밤에 있었던 일들을 기억해 내려 애썼다. 구영을 따라간 지하에 있던 횟집. 생에 제일 맛있었던 회, 기이한 메뉴판, 종민은 자신의 뺨을 만졌다. 힘껏 자기 얼굴을 때린 것도 기억났다. 그의 시선이 식탁 위 유리로 향했다. 그 안에서 유영하던 여자 얼굴이 종민을 바라봤다.

'살.려.주.세.요.'

종민은 자리에서 벌떡 일어났다. 그리고 쿵쾅거리며 방으로 갔다. 베개 밑과 주머니를 뒤져 겨우 휴대폰을 찾아냈다. 배터리가 별로 없어서 충전 선을 연결하고는 구영이에게 전화했다. 연결음이 끝없이 이어졌다.

그 인면어를 본 뒤 어떻게 반응했는지 기억나지 않았다. 침대에 앉아 종민은 욱신거리는 머리를 쥐어뜯었다. 간밤에 본 것을 구영에게서 확인하고 싶었다. 누구보다 잘 알고 있는 놈일 테니.

몇 번이나 전화를 걸었지만, 구영은 전화를 받지 않았다. 아직도 뻗어 있는 듯했다.

"젠장."

머리카락을 휘젓던 종민은 그 자리에 드러누웠다.

취해서 헛걸 본 게 아니라면 어제 간 곳은 절대 평범한 횟집은 아니었다. 도대체 어떤 횟집이 인면어를 파는가? 자리한 장소도 평범치 않았다. 그런데 그게 진짜라면 우린 대체 뭘 먹은 거지?

종민은 휴대폰으로 인면어를 검색했다. 괴상한 물고기 이미지들이 나왔다. 기억에는 이렇게 못생기지 않았고 좀 더 예쁜 모습이었다. 그는 모로 누웠다. 거듭 생각해도 그 얼굴은 아름다웠다. 물결에 파르르 흔들리던 긴 속눈썹, 커다란 눈동자에 맺힌 기포는 눈물처럼 솟아올라 처연했고, 들리지 않던 그 목소리는 종민의 머릿속에서 자동으로 재생됐다.

"살려주세요."

손가락이 움찔거렸다. 종민은 일어났다. 그리고 옷을 입고는 집을 나섰다. 이렇게 누워서 생각만 하기 싫었다. 가서 다시 그 인면어를 보고 싶었다. 어제 본 게 진짜인지 확인하고 싶었다. 그리고…….

걸음을 옮기던 종민은 그 자리에 멈췄다. 진짜라면 다음엔? 뭘 어떻게 할 건데? 단순한 호기심에 무작정 가는 게 말도 안 됐다. 주저하던 발걸음을 돌리려던 종민은 다시 멈췄다. 그냥 다시 보기만 하는 건데 왜 안 돼? 맨정신에 그 얼굴을 마주하고 싶었다. 그는 발걸음을 옮겼다.

|||||

한낮 땡볕에 무방비로 걸었더니 땀이 흥건했다. 젖은 머리카락을 털어내고 흐르는 땀을 닦아냈다. 종민은 매미가 우는 개천을 건너 순대타운으로 들어섰다. 어제 구영이가 앞장섰던 길 그대로 되짚어갔다. 지하로 향하는 계단을 내려가 철문 앞까지.

그 앞에서 종민은 잠시 멈칫거렸다. 이 안에 정말 있을까?

횟집이, 그 인면어가? 너무 믿어지지 않아서, 마치 하룻밤의 꿈같아서 무서웠다. 왜 두려운 마음이 드는지 스스로도 잘 몰랐다. 하지만 확실한 건 인면어가 그곳에 있었으면 좋겠다는 마음이었다.

손을 뻗어 손잡이를 돌렸다. 문은 잠겨 있지 않았다. 끼익 소리를 내며 열리는 문 너머에 여전히 어둠이 자리했다. 그 안으로 성큼 발을 내디뎌 고개를 돌렸다. 다행히 그 횟집은 존재했다.

안으로 들어갈수록 주위는 고요했다. 파도 소리도, 하릴없이 혼자 떠들던 뉴스 소리도 없었다. 사장도 자리에 없었다. 잘됐다. 이럴 때 어서 그 인면어를 확인해 봐야지. 사장과 마주치면 어제 여기서 휴대폰을 잃어버렸다고 못 봤느냐고 거짓으로 물어보면 될 터였다.

종민은 거의 뛰다시피 가서 대나무 발에 가려진 수조 앞에 섰다. 다급히 대나무 발을 걷어내자 탁한 물이 드러났다. 기포가 오르는 물속은 잘 보이지 않았다. 손을 뻗어 손끝으로 유리를 두드렸다.

"저, 저기요. 있어요?"

인면어에게 말을 걸다니 스스로 생각해도 어이가 없었다. 그래도 참을 수 없었다. 조급했다. 거기에 없을지도 몰랐다. 자신이 없는 사이에 누군가의 안줏감으로 회 쳐졌을지도.

"나 어제 봤던 사람이에요. 어제 나한테 말 걸었잖아요. 제발 거기에 있다고 말해줘요."

두드리는 소리가 점차 커졌다. 그러자 물결이 일렁이더니 물속에서 여자의 얼굴이 나타났다. 종민은 안도했다. 아직 살아 있구나.

"나 알죠?"

여자가 고개를 끄덕였다. 자신의 말을 알아듣는다니 기쁘기까지 했다. 여자가 씁쓸한 미소를 지었다.

"괜찮아요?"

그 물음에 고개를 내젓는다. 그렇겠지. 곧 누군가에게 먹힐 거라면 종민도 기분이 끔찍할 것 같았다. 그렇지만 자신이 대체 뭘 해줄 수 있단 말인가? 여자의 존재를 확인함으로써 궁금증은 해소됐으니 돌아서야 마땅했다. 하지만 발이 쉽게 떨어지지 않았다.

여자가 앞으로 더 다가왔다.

"살.려.주.세.요."

슬픔에 잠긴 몸짓으로 어제와 같은 말을 했다. 그 모습이 너무도 애달파서 서글퍼졌다. 아무것도 해줄 수 없어서.

"그러니까, 미안해요. 제가 구해줄 수가……."

쾅. 그때 철문이 열렸다. 기척에 종민은 저도 모르게 부엌으로 숨었다. 오는 내내 준비했던 말을 할 기회였는데 떳떳

하지 못하게 숨다니. 괜히 후에 마주친다 해도 오해를 살 행동이었다. 지금이라도 일어나야 했는데 오히려 옷걸이에 걸린 수건과 비닐 앞치마가 시야에 들어 왔다. 텅 빈 내부를 울리는 발소리는 화장실로 향했다. 화장실 문소리가 들리자 종민은 수건과 비닐 앞치마를 챙겼다.

 몸을 숙여 수조 앞으로 가 수건을 물속으로 넣었다. 두 팔을 깊게 넣어 수건 사이로 여자의 물고기 몸을 감쌌다. 여자가 펄떡이자 종민이 말했다.

 "쉿, 가만히. 놀라지 말아요. 구해주려는 거니까."

 그 말에 움직임이 잦아들었다. 팔뚝만 한 은빛 몸체를 들어 발밑에 있는 빨간 플라스틱 통에 넣었다. 워낙 긴장해서 숨이 제대로 쉬어지지 않았다. 그 속에 수조 물을 담고 수건과 앞치마로 그 입구를 가렸다. 헐떡거리며 통을 들고 돌아섰다. 끼이익. 화장실 문이 열렸다.

 "누구?"

 종민은 화장실로 고개를 돌렸다. 그것과 눈이 마주쳤다. 그러니까 사장님의 머리가 바닥에 있었고 그 몸이 바닥을 기었다. 종민은 현재 자신이 보고 있는 사장의 모습에 소스라치게 놀랐다. 몸통이 계속 화장실 문밖으로 나오고 있었다. 그 옆으로 여러 쌍의 손이 바닥을 짚었다. 마치 지네처럼.

 "도둑이야!"

사장이 괴성을 내질렀다. 종민은 달리기 시작했다. 두려움에 후들거리던 다리가 절로 움직였다. 그러나 손에 든 플라스틱 통이 무거워 빠르게 뛸 수 없었다. 와장창. 뒤에서 뭔가가 떨어지는 소리가 들렸다. 돌아보니 사장의 많은 손 중 하나에 번뜩이는 회칼이 있었다.

"감히 내 가게를 털어?"

사장은 너무도 빠른 속도로 쫓아왔다. 종민은 철문을 나서서 그 옆에 있는 의자를 문 앞에 던져놨다. 의자를 타 넘어 뒤쫓던 사장은 왁자한 사람들 소리에 멈칫거렸다. 자신의 본모습을 보일 수 없었다. 사장이 이를 악물며 사람으로 변했다. 그때를 틈타 종민은 순대타운을 가로질러 밖으로 나갔다. 작열하는 땡볕 아래에서 잠시 어디로 갈지 생각했으나 역시 어디로 가야 할지 몰라 그냥 뛰기로 했다. 플라스틱 통에서 물이 출렁였다.

⁞⁞⁞⁞⁞

황금빛으로 물든 거리를 종민은 달리고 있다. 얼마나 쫓기는지 시간을 가늠할 수 없었지만, 아무도 없는 텅 빈 길을 달리고 있으면 저 뒤로 자신을 쫓는 발소리가 들렸다. 뒤를 돌아보기도 무섭고 힘들었다.

숨이 턱 끝까지 차올랐다. 고등학교를 졸업하고 운동이랑 담을 쌓았기에 이렇게 뛰는 것도 용했다. 그냥 다 포기하고 싶었다. 이럴 생각은 아니었다고 사죄하고 싶었다. 어차피 여기서 재주껏 빠져나간다 해도 CCTV에 자신의 얼굴이 찍혔을 테니 언제든 잡힐 터였다.

그러나 손에서 느껴지는 출렁이는 물에 여자의 존재를 다시금 깨닫고 만다. 살려달라고 애걸하는 그녀를 사장 손에 건네고 싶지는 않았다. 이후에 잡혀도 여자는 살 수 있겠지.

'어디, 어딘가로 숨어야 해!'

저 앞에 입간판이 보였다. 선녀 옷가게. 전신주 뒤로 활짝 열린 채 삐걱거리며 흔들리는 새시문이 보였다. 턱이 진 그 작은 입구는 과연 가게인지가 의심스러울 정도로 컴컴했다. 뒤를 봤다. 사장의 모습은 보이지 않았다. 종민은 선녀 옷가게로 들어갔다.

좁은 입구에 들어서자 퀴퀴한 먼지 냄새와 곰팡내가 났다. 그 냄새를 뒤덮을 강렬한 나프탈렌 냄새도. 옷가게는 입구서부터 빽빽이 옷들로 채워져 있었다. 좌우로 움직일 수도 없었고 오로지 앞으로만 갈 수 있었다. 해가 채 들지 않아 요즘 보기 드문 주황빛 백열등을 군데군데 켜놨음에도 어두운 밤길에 서 있는 것 같았다.

켜켜이 채워진 옷가지들이 팔에 쓸렸다. 옷걸이에는 코트와 니트, 셔츠, 바지가 들쭉날쭉 걸려 있었다. 옷들은 천장에 닿는 벽에도 걸렸다. 모두 새 옷이 아닌 구제 옷이었다.

종민은 길쭉한 가게 내부를 지나갔다. 세상의 모든 구제 옷들이 이곳에 있는 것처럼 느껴졌다. 너무 빽빽해서 숨을 자리도 없었다. 그는 앞에 다른 입구가 있길 바랐다. 그렇지 않다면 옷에 둘러싸인 독 안에 든 쥐였으니 잡히는 건 시간문제다.

"뭐 찾으오?"

갑자기 뒤에서 들리는 말에 종민은 화들짝 놀라 돌아보았다. 옷 사이로 할머니가 고개를 내민 채 종민을 보고 있었다.

"아, 저……."

"어떤 옷 보러 오셨어요? 온통 땀에 젖어 위아래 다 필요한 것 같은데. 요즘 패셔니스타들은 너드미를 추구하는 긱시크로 코디한다니 그런 거라면 이 할미가 아주 잘 알지. 뿔테 안경도 있으니 아주 변신을 시켜주겠어요!"

옷과 옷 틈에서 기어 나오며 할머니가 말했다. 사위가 점점 어두워졌다.

종민은 자신의 앞에 서는 할머니를 천천히 올려다봤다. 기골이 장대하다는 말이 참으로 어울릴 정도로 할머니는 종민보다 엄청 컸다. 구영이보다 근육질이라 과연 할머니가 맞는지 믿어지지도 않았고. 종민은 더듬거리며 말했다.

"죄송합니다. 제가 도망치다가 잠시 숨으려고 들어왔는데요. 정말 죄송합니다."

자신을 내려다보는 형형한 두 눈을 마주하자 사과의 말이 먼저 나왔다. 무릎까지 후들후들 떨려 원하신다면 그 앞에 무릎도 꿇을 수 있었다. 찰랑거리는 소리가 들렸다. 할머니의 시선이 종민을 지나쳐 들고 있는 플라스틱 통에 닿았다.

"네 이놈! 여기에 있었구나!"

갑자기 카랑카랑한 목소리가 들려왔다. 눈앞의 할머니 때문에 그 모습이 보이지 않았으나 횟집 사장이 분명했다. 종민은 벌벌 떨었다.

'결국 여기서 잡히는구나. 그녀를 살려주고 싶었는데. 원하는 대로 다 해주고 싶었어.'

좌절감에도 여자를 뺏기고 싶지 않아 플라스틱 통을 꽉 붙들었다.

"네가 도망쳐 봤자 부처님 손바닥 안이야. 너 어제 구영이랑 같이 온 놈이지? 내가 처음 봤을 때부터 맘에 안 든다 했어. 그 순박한 구영이가 법도를 어기고 널 내 가게에 데리고 온 게 못마땅했지만, 구영일 봐서라도 내 친절히 대접했는데, 남의 호의를 이런 식으로 갚아? 감히 내 것을 훔쳐 가서 잘 먹고, 잘 살거라 생각했어? 네 놈도 내가 당장에 회 쳐서 부위별로 팔아버릴……."

플라스틱 통과 종민을 바라보던 할머니가 천천히 돌아섰다. 할머니를 인지한 횟집 사장의 모습이 잠깐 보였다가 가려졌다.

"부처님은 누구나 될 수 있지. 그게 살생을 업으로 삼은 자네라도 말이야."

"아, 아이고. 여기가 어르신 가게였나요? 본의 아니게 소, 소란을 피워 죄, 죄송합니다."

횟집 사장도 당황한 듯 종민처럼 할머니에게 사과했다. 그 목소리에 놀람과 경악이 묻어났다.

"물론 남의 것을 훔친 건 잘못된 짓이지. 주인장의 허락도 없이 말이야."

차근차근히 짚어 나가는 할머니의 말에 종민은 왜인지 등골이 서늘했다. 당장이라도 무릎 꿇고 엎드려야 할 것 같은 엄숙함이 온몸을 지배했다.

"그, 그렇죠? 그럼 어르신의 말씀도 있으니 제가 저놈을 데려가겠습니다."

횟집 사장도 느꼈는지 급히 이곳을 빠져나가려고 했다.

"그런데 한 번 더 자비를 베푸는 건 어떻겠나?"

'이제 죽었구나!' 하고 포기하려던 종민이 조아렸던 고개를 번쩍 들었다.

"네?"

"잠시 살생을 멈추고 부처가 되어보라는 걸세."

"그, 그게 무슨……."

"정당하게 값을 치르면 되지 않겠나? 어차피 자네도 장사치니까 저 생명을 팔 생각이지 않나? 누가 아나? 지옥 불 앞에서 그 죄가 감해질지. 왜, 싫은가?"

"아, 아닙니다. 당연히 팔아야지요! 감히 누구 말씀이라고 제가 거절하겠습니까?"

종민은 멍하니 할머니의 뒷모습을 보다가 고개를 돌려 자신을 쳐다보는 할머니와 눈이 마주쳤다.

"자네도 잘못은 알고 있겠지? 그 생명을 살리고 싶다면 제 값을 치르게!"

할머니의 호통에 종민은 숨을 참았다. 그리고 황급히 고개를 끄덕였다. 할머니 말처럼 왜 그 생각을 하지 못했을까 싶었다. 그저 빨리 데리고 나와야 한다는 생각만 들었다.

|||||

"싯가로 삼천만 원이오!"

"예에? 무슨 물고기가 그렇게 비싼가요?"

옷가게 한쪽에서 종민은 횟집 사장과 흥정 중이었다. 가게를 나가는 순간 횟집 사장이 변심해 죽일지도 모른다는 생각에서였다. 이곳만큼 안전한 곳도 없을 것 같았다. 횟집 사장은 어병한 종민의 대꾸에 콧방귀를 뀌었다.

"아니 그 고기가 어떤 고긴데, 흔치 않은 인면어라고! 그것도 맑은 물에 사는! 구영이가 왜 그리 부자가 됐겠어? 목숨 걸고 잡는 생선들이 이렇게 비싼 것들이니 당연하지. 원래 더 받아야 하는데 자비를 베풀라고 하시니, 내 원가에 쳐주는 거야!"

그렇게 말하고 횟집 사장은 할머니를 보며 호호호 웃었다. '제가 이렇게 합니다. 잘하고 있지요?' 하고 확인을 받듯이. 그러고는 표독스럽게 종민을 쳐다봤다.

"왜? 싫으면 지금이라도 물리든가. 친구가 산다니까 얻어먹을 생각에 얼만지도 물어보지 않았지? 적어도 고맙다는 말이라도 해야 할 것 아냐? 폐나 끼치고 말이야. 제멋대로 살기 편해 참으로 좋겠네. 구영이가 목숨 바쳐가며 이것들 잡으면 뭐 해? 지 친구가 이렇게 얼굴에 먹칠하는 것도 모르고."

구영이가 정확히 무슨 일을 하는지 몰랐다. 낚시한다고 해서 그런가 보다 하고 여겼지 인면어나 이상한 요괴들을 낚는지 누가 알았겠는가. 그리고 연락이 안 되어서 그렇지 고맙다고 말할 생각이었다. 술에 취해서 말을 못 했을 뿐.

당장 여러모로 억울했지만, 친구의 얼굴에 먹칠한 건 사실이라 울분을 참았다. 그나저나 삼천만 원이라. 찰랑. 여전히 붙들고 있는 플라스틱 통에서 여자가 움직였다. 횟집 사장이 자신을 아주 핫바지로 보고 있다.

'하지만 나도 그 정도 돈은 있다고!'

다행히 퇴직금과 모아둔 돈이 계좌에 있었다.

"돈 가져올 테니 한 시간만 시간을 주세요."

쯧쯧쯧. 횟집 사장이 못마땅함에 혀를 찼다.

"이래서 나약한 인간이란. 제가 지금 뭘 하는지도 모르지."

"그 통은 내가 보고 있겠네. 걱정하지 말고 다녀오시게."

종민은 횟집 사장을 경계하며 할머니가 잘 볼 수 있도록 통을 내려놨다. 입구로 향하려고 횟집 사장을 지나치자 그녀가 낮게 을러댔다.

"네가 뭘 소원으로 빌었든 다 헛짓거리란 것만 알아둬!"

종민은 자신을 업신여기는 그 눈을 쏘아봤다.

"소원 빈 적 없고요. 돈 주면 더는 쫓아오지 말아요! 나도, 그녀도!"

"허 참! 홀려도 단단히 홀렸구먼!"

뒤에서 모욕하는 횟집 사장을 무시하며 종민은 들어왔던 입구로 옷가게를 나섰다. 길어진 오후의 햇살이 거리를 비췄다. 종민은 은행으로 달렸다.

‖‖‖‖

은행에서 나온 종민은 신호등 앞에 서서 멍하니 빨간불을 바라봤다. 문득 자신이 왜 이렇게까지 하는지 의문이 들었다. 단순히 인면어를 위해서? 인면어라는 존재가 있다는 것도, 그걸 인정해서 살려주려고 도둑질까지 서슴지 않았다는 사실이 믿어지지 않았다. 자존감이 낮아 타인 의존도가 높던 자신이지 않은가? 제대로 선택할 수도 없는, 그런 놈이 오늘 벌인 일을 보라지.

종민은 삼천만 원 수표가 든 봉투를 꽉 쥐었다. 어이가 없어서 실소가 나왔다. 세상에 존재한다는 사실도 몰랐던 인면어를, 아니 그 여자를 살리겠다고 평생 모은 돈을 가지고 오다니.

'그러니까, 대체 왜?'

자신을 빤히 쳐다보던 그 눈이 계속 떠올랐다. 신호등이 파란색으로 바뀌고 기다리던 사람들이 종민을 지나쳐 앞으로 갔다.

"고문관 같은 새끼가 제구실은 못 해도, 한 번쯤 생명은 구하고 싶은가 보지."

종민은 뒤늦게 건널목을 건넜다. 비어 있는 뭔가가 채워지는 느낌에 걸음이 가벼웠다.

옷가게에 도착한 종민은 그 입구에서 자신을 기다리고 있는 횟집 사장에게 봉투를 건넸다. 봉투 안의 돈을 확인한 사장은 종민의 어깨를 밀치며 가게를 나섰다.

"운이 좋았다고 생각하지는 마. 그 요괴가 술수를 부려서 네놈 눈을 가린 상태에서 어르신을 만나 일이 풀리는 거라 의기양양하겠지만, 절대 아니란 거 명심해. 네가 구멍이 친구니까 이번 한 번만 충고하는 거야. 그리고 다시 내 가게에 올 생각하지 마!"

종민도 그 가게에 다시는 갈 생각이 없었다. 충고는 개뿔. 그는 대답도 하지 않고 다시금 나프탈렌 냄새가 진동하는 옷가게 안으로 들어갔다. 몸을 죄는 옷 무덤으로 들어가자 플라스틱 통이 보였다. 자신이 그녀를 구했다는 사실에 가슴이 벅차올랐다.

'봐봐. 나도 한다면 하는 놈이었다고!'

환희에 차서 플라스틱 통을 보던 종민이 멈칫거렸다. 수건만이 둥둥 뜬 물속에 그녀가 없었다.

"…어?"

믿어지지 않아서 물속에 손을 집어넣고 휘휘 저어봤다. 젖은 수건이 손에 철썩하고 감겨들었다. 그는 자리에서 일어나 주위를 둘러보며 머리를 쥐어뜯었다. 가슴이 철렁거렸다. 사기를 당한 걸까? 하지만 돌아가는 횟집 사장의 두 손은 비어 있었다.

'어딘가 숨겼을 수도 있고, 할머니가 공범일 수도. 할머니는 어디에 있지?'

"아 왔구면!"

부릅뜬 눈으로 목소리가 들린 쪽을 봤다. 할머니가 천천히 그의 앞으로 왔다. 가게 내부가 그림자로 꽉 차서 한층 더 어두워졌다.

"통 안에 그녀가 없어요. 어, 어디에 있죠?"

"자네는 인면어를 인간으로 의식하더군."

할머니의 지적에 종민의 얼굴에 열이 올랐다. 귀까지 후끈한 걸로 보아 귀도 빨개졌을 터였다. 그는 당황해서 중얼거렸다.

"그야 인면어란 것도 안 지 얼마 되지 않았고, 요괴라고 하는데 제 눈엔 사람 얼굴이라서……."

"그래서 내 그 소원을 들어주려고."

할머니의 눈이 휘어졌다. 그리고 옆으로 비켜서자 그 뒤에서 어떤 여자가 나타났다. 종민이 눈을 깜박이자 비틀거리며 그녀가 다가왔다. 물고기 요괴인 그녀가 사람처럼 변하다니! 역시 이곳도 평범한 곳이 아니었다. 검은 면바지에 쥐색 긴소매 후드티를 입은 여자가 종민을 보며 입술을 달싹거렸다.

"구해줘서 고마워요."

별다른 표정은 없었지만, 그 목소리는 예상대로 부드럽고 듣기 좋았다.

"아니 별말씀을요. 당연히 해야 할 일인데요."

머쓱해서 겸손의 말을 했다. 정말 구하길 참 잘했다는 생각이 들었다.

"옷이 낡았으니 물가를 벗어나면 안 될 거야. 옷과 운동화까지 해서 육만오천 원일세!"

"아, 아, 예!"

이곳이 옷가게인 걸 깨달은 종민이 허둥지둥 지갑을 꺼냈다. 아무리 확인해도 지갑은 텅텅 비어 있었다.

"카드 환영! 오만 원 넘었으니 할부 가능."

할머니가 말했다.

"아, 네. 감사합니다. 그럼 삼개월로……."

종민이 카드를 내밀자 할머니는 카드를 받고는 익숙한 손놀림으로 결제했다. 카드와 영수증을 건네며 할머니는 여자를 쳐다봤다.

"소원은 소원일 뿐. 그걸 이루고 말고는 자네의 마음에 달렸단 걸 잊지 말게. 그 과정의 업보는 차곡차곡 쌓인다는 것도 명심하고."

종민은 할머니의 말을 채 이해하지 못하고 돌아서는 여자를 따라 옷가게를 나섰다.

|||||

 붉은 노을빛이 거리에 늘어졌다. 여전히 텅 빈 길을 그들은 터벅터벅 걸었다. 두 사람의 그림자가 나란히 걸음을 옮겼다. 빠르지도 그렇다고 느리지도 않게 보폭을 맞추며.
 이제 어떻게 해야 할지 종민은 알지 못했다. 선택은 그녀의 몫이었다. 여자는 저녁놀이 따가운지 후드를 뒤집어썼다. 요괴라고 한들 저 모습을 보고 누가 믿을까 싶었다.
 종민은 여자에게 물었다.
 "이제 있던 곳으로 돌아갈 건가요? 그곳이 어딘지만 알려주면 제가 거기까지 데려다줄게요."
 여자는 고개를 흔들었다. 그리고 짧게 숨을 헐떡이다가 그 자리에 앉았다. 놀란 종민이 그 앞에 앉아 안색을 살폈다. 하얗게 각질이 일어난 얼굴로 숨 쉬는 것마저 힘들어 보였다. 그녀가 금방이라도 숨을 멈출 것 같아 두려웠다.
 "물, 물가에서 멀어지지 말라고 했었죠? 그렇다면 어서 물가로 가야……."
 주위를 둘러보는 종민의 눈에 모텔이 들어왔다. 그는 여자를 부축해서 모텔로 들어갔다.
 카드를 건네는 사장의 시선이 그들을 훑었다. 휘청이는 그녀를 보고 취했다고 생각하겠지. 종민은 개의치 않고 엘리베

이터 3층을 눌렀다. 마주 잡은 여자의 손이 축축했다. 마치 진땀 같아서 엘리베이터가 빨리 움직이길 그는 바랐다.

복도에서 종민은 늘어지는 여자를 안았다. 방으로 들어가자마자 욕조에 물을 받았다. 그녀의 옷을 차마 벗길 수 없어서 그대로 욕조에 조심히 내려놨다. 몸 위로 물이 차오르는 걸 지켜보던 종민은 욕조 옆에 주저앉았다. 각질이 사라지고 맑은 얼굴에 생기가 도는 것을 본 그는 그제야 안도의 한숨을 내쉬었다.

가득 채워진 물속에서 머리까지 푹 담그고 한참을 있던 여자가 고개를 내밀자 욕조 너머로 물이 넘실거렸다. 오늘 하루 많은 일이 있었기에 잠깐 기대어 졸던 종민은 옷이 축축이 젖어 들자 잠에서 깨어 그녀를 봤다.

"고마워요."

아직도 꿈결 같아서 종민은 물을 떠 얼굴을 문질렀다.

"예?"

"구해줘서 고마워요. 이 말은 꼭 하고 싶었어요."

"아까도 그 말 했는데요."

"알아요. 하지만 또 말하고 싶었어요."

종민은 여자가 움직일 때마다 흔들리는 수면을 봤다. 문득 횟집 사장의 말이 떠올랐다. 어쩌면 요괴의 술수로 홀렸다는 말이 맞을지도 몰랐다. 그녀를 보고 저도 모르게 구하려고 달려든 것도 그 때문이고. 상관은 없었다. 오히려.

"저도 고마워요. 당신을 구할 수 있게 해줘서. 그게 저라서요. 사실 지독하게도 괴로웠거든요. 할 줄 아는 게 없었는데. 그런데 있네요."

종민은 다시 얼굴에 물을 끼얹었다. 부끄러운 감정은 드러냈어도 붉어진 얼굴을 몰랐으면 했다. 그녀는 아무 말 없이 눈만 깜박였다.

"일단 여기서 몸을 추스르시고 내일 원래 있던 곳으로……."

"그곳으로 돌아갈 수 없어요. 형제와 함께 살던 곳이지만 놈들이 또 올 거니까요. 우리는 아무 죄도 없었어요. 그런데 놈들의 사냥은 무자비했죠. 단지 돈 때문에 우리가 희생되는 게 맞는 이치인가요? 단지 요괴라는 이유로, 누군가의 먹이라는 이유로 매매되고, 형제가 눈앞에서 잔인하게 살해되어 해체되어도 저는 아무것도 할 수 없었어요. 비명을 지르는데도 그 어떤 말도 할 수 없었다고요! 형제를 먹는 이들을 보며 그저 나 혼자라도 살고 싶다고 하늘에 빌었어요."

여자는 주먹으로 수면을 내리쳤다. 단숨에 내뱉는 울분에 찬 말에 종민은 뒤통수를 세게 얻어맞은 느낌이었다. 그 비명을 그는 알고 있었다. 횟집 화장실에 갔을 때, 구영의 장난이라고 치부했던 그 순간. 그녀는 그 순간을 말하고 있었다. 그리고 그때 손님이라고는 구영과 자신뿐이었으니.

내내 여자가 자신을 비슷한 처지의 요괴를 먹었던 사람이라고 생각하겠다 싶었지만, 현실은 형제의 살을 씹어먹은 사람인 것이다. 휘몰아치는 진실에 종민은 아득해졌다.

'네가 그러면 그렇지. 존재 자체로 사회악이야!'

그녀가 당장 자신을 죽이겠다고 달려들어도 할 말이 없었다. 감히 그 충격과 공포, 상실감을 가늠하기 힘들어 사과의 말조차 선뜻 나오지 않았다.

"막상 살고 나니 꼭 해야 할 일이 생겼어요. 그래서 가고 싶은 곳이 있어요."

"어디를……."

"구영이란 사람에게로."

그녀는 마치 자신을 시험하는 것 같았다. 진실을 말하면서도 종민에게 단도직입적으로 '네 친구가 우릴 붙잡았고, 죽도록 했으며, 잔인하게 도륙해 네놈과 함께 내 형제를 먹었어!'라고 말하지는 않았다. 종민이 깨닫든 말든 상관없어 보였다. 아니면 원죄를 깨닫고 행동하길 바란다거나.

'행동? 어떤?'

똑똑똑. 그때 누군가가 모텔 문을 두드렸다. 화들짝 놀란 종민이 엉거주춤 일어났다.

"잠깐만요."

종민은 문 앞으로 갔다. 쾅쾅쾅. 소리는 한결 거칠어졌다.

"누구세요?"

"경찰입니다. 원조교제로 의심된다는 신고 받고 왔습니다. 잠시 문 좀 열어주시죠."

그 말에 종민은 얼굴이 화끈거렸다. 아름다운 여자에 비해 자신은 못생겼고 겉보기에 제 나이보다 곱절은 더 늙어 보일지 몰랐다. 타인이 그렇게 느끼는 것이 억울하진 않으나 자신을 보는 여자가 그렇게 생각하면 어쩌나 걱정됐다.

당황한 종민은 황급히 문을 열려고 잠금쇠를 풀다가 순간 멈췄다. 경찰이 여자의 신분증을 요구할 것이다. 신분증이 없다면, 주민등록번호를 대라고 하겠지. 하지만 있을 리가. 무턱대고 문을 열면 안 될 것 같았다. 그는 보조잠금장치를 걸었다. 조심스럽게 문을 열자 한 손이 튀어나와 열린 문을 붙들어 당겼다. 문은 한 뼘 정도 열리다가 걸려 멈췄다. 햇빛에 탄 거뭇한 사내의 얼굴이 틈 사이로 불쑥 나타났다.

"에이 선생님. 문을 열다 말면 어떡해요? 어서 문 여세요. 제대로 조사 안 받으시면 서로 가셔야 합니다."

밖의 남자는 경찰복도 입지 않았다. 사복 경찰일 수도 있지만 종민의 눈은 굳은살이 박인 손과 팔목에서 반짝이는 롤렉스에 머물렀다.

"아, 네. 문 열겠습니다."

다른 생각보다 고깃집에서 구영이 지나가듯이 같이 일하는 사람들을 얘기한 게 먼저 떠올랐다. 고급 외제 차에 비싼 시계를 사 모은다는. 어쩌면 돌아간다던 횟집 사장이 돌아가지 않았고, 자신의 위치를 이들에게 알리지 않았을까. 당장은 그 누구도 믿을 수 없었다.

종민은 순순히 문을 열 것처럼 하다가 문을 닫으려 했다. 그러나 사내는 문을 붙든 손을 놓지 않았다. 오히려 더 힘을 줬다. 종민과 눈이 마주치자 씩 웃는다.

"이 새끼 이거 문 열 생각이 없네. 어떻게 알았지? 구영이 말이 맞아. 똑똑하다, 너! 구영이가 친구가 딱 한 명 있는데 자기 삶의 구세주라고 칭찬을 그렇게 하더라고. 그 횟집에 데려가 거금 들여 사 먹인 것도 그게 고마워서일 텐데 네놈 새끼는 개 얼굴에 똥물을 뿌려? 걱정하지 마. 구영이는 오늘 일 모르니까. 조용히 죽여줄게."

가슴이 철렁한 종민은 급히 문을 잡아당겼다. 문을 잠그고 경찰에 신고해야 한다. 이들은 그녀를 사냥해 다시금 횟집에 팔아넘길 게 뻔했다. 절대 그렇게 둘 수 없었다. 잔뜩 힘을 줬으나 사내의 힘이 어찌나 센지 몸이 딸려 갔다. 보조잠금장치에 걸려 문이 더는 열리지 않았으나 저쪽에서 몇 번 당기자 불안한 소리를 내며 조금씩 움직였다. 천하장사급인 구영이도 힘든 일을 같이 하는 사람들이라면 힘이 비슷할 터였다. 얼마 버티지 못할 것이다. 종민은 이를 악물고 문을 당겼다.

탁탁탁. 그때 여자가 달려와 손잡이를 잡은 종민의 손을 감싸 쥐었다. 작고 축축한 손이 힘을 보탰다.

"어라? 너구나! 그 어르신이란 분이 사람 모습으로 바꿔줬다더니만, 제법 여자 같네. 안 그래?"

사내가 뒤를 돌아보며 물었다. 문을 잡아당기면서도 전혀 힘들지 않은 여유로운 모습이었다.

"여자 같은 게 아니라, 여자야. 빨리빨리 하지 않고 뭐 하는 거야? 이번에도 뒤탈이 생길지도 모르니까 아주 멱부터 따 가자고."

날카로운 군용칼을 쥔 또 다른 커다란 손이 문틈 사이로 들어와 붙들었다. 우악스러운 힘에 끼이익거리는 소리와 함께 보조잠금장치가 떨어져 나가며 문이 활짝 열렸다.

손잡이를 놓친 종민은 여자를 뒤로하고 그들 앞에 섰다. 솔직히 자신이 뭘 더 할 수 있을 거란 생각은 없었다. 그저 그녀가 그들 손에 붙잡히지 않았으면 하고 바랐다.

덜렁거리며 흔들리는 문에서 간헐적으로 쇳소리가 들렸다. 이어질 다음 소음을 예상하고 긴장했지만, 고요했다. 사내들은 무얼 기다리고 있는 걸까?

종민은 용기를 내 천천히 문 앞으로 다가갔다. 땡그랑. 발밑으로 군용칼이 미끄러져 왔다. 잠시 멈칫하다가 잽싸게 그것을 주워들었다. 누구라도 덤벼들면 휘두를 생각이었다. 그러다 문 너머를 봤다.

어두운 복도에 두 사내가 정신을 잃고 쓰러져 있었다. 그리고 그 앞에 선 한 남자의 번뜩이는 눈과 마주쳤다. 그 순간 종민은 이 모든 일이 잘못됐다는 생각이 들었다.

그래도, 그는 여자의 손을 잡고 밖으로 도망쳤다. 어두운 밤이 내려앉은 거리를 가로질러 눈이 부신 네온사인으로 물든 거리를 달렸다. 형형색색으로 빛나는 물고기 등을 내건 행궁 광장을 지나, 쫓는 이는 더는 보이지 않지만 끝내 쫓기는 것처럼.

낯익은 골목에 접어들고 익숙한 빌라 앞에 섰다. 종민은 숨이 차 헐떡이면서 고요한 동네를 둘러봤다. 에어컨 실외기가 돌아가는 소음에 묻힌 밤 벌레 울음과 더위에 창문을 연 집에서 들리는 뉴스 앵커의 엄중한 목소리에 구영의 목소리가 겹쳤다.

ㅡ 뇌물 받아먹고 몰랐다, 어쨌다. 알든 몰랐든 그걸 변명이라고. 주제에 맞지 않는 거 먹었으니 탈이 나지.

그게 자신의 이야기가 될 줄은 몰랐다. 그녀는 자신을 구영이에게 데려다달라고 했다. 종민은 그 의도를 짐작했고 그 이후도 충분히 예상할 수 있었다. 갑자기 닥친 현실에 혼란스러웠으나 이 일만큼은 제 손으로 하고 싶었다. 그저 이게 맞는 거라고 믿었다. 종민은 칼을 쥔 손을 들어 이마에 흐르는 땀을 닦아냈다. 심중에 품은 그 마음이 이렇게나 지독한데도, 사위는 너무나 평화로웠다.

종민은 4층으로 올라갔다. 402호 앞에서 초인종을 눌렀다. 안에서 기척이 들리자 문을 두드렸다.

"아이씨 누구야?"

막 잠에서 깬 목소리였다.

"구영아. 나야, 종민이."

"뭐? 야, 네가 여기 왜? 잠깐만."

조급하게 문을 여는 소리가 났다. 구영이가 이어 말했다.

"너 괜찮냐? 나는 어제 너무 마셔서 종일 누워만 있었어."

종민은 이때까지 붙들었던 여자의 손을 놓았다. 문이 열리고 까치머리를 한 구영이의 모습이 불빛 속에 드러났다. 종민은 군용칼을 꽉 쥐었다. 아직도 숙취에 제정신이 아닌 구영을 향해 종민은 칼을 힘껏 찔렀다.

뚝뚝. 피가 바닥에 후드득 떨어졌다.

"야, 너 뭐하냐?"

머리 위에서 구영의 낮은 목소리가 울렸다. 종민은 질끈 감았던 눈을 떴다. 번뜩이는 빛에 구영은 반사적으로 칼날을 붙잡았다. 당황한 종민이 칼을 빼내려고 했지만, 구영은 꿈적도 하지 않고 한곳을 바라봤다. 현관문 앞에 선 여자를 보다가 인상을 찌푸렸다.

"저걸 어디서 봤나 했더니, 어떻게 사람이 된 거야?"

"어제 우리가 먹은 게 저분 형제란 거 알았어?"

"헛? 저분? 저부운?"

구영이 헛웃음을 짓다가 칼날을 놓았다. 칼을 빼려고 안간힘을 쓰던 종민이 뒤로 물러났다. 그 순간을 놓치지 않고 구영이 발을 걸었다. 종민의 몸이 허공에 떴다가 바닥에 떨어졌다. 구영은 괴로워하는 종민의 가슴에 발을 올려놨다.

"야, 정신 차려. 저건 괴물이야. 사람이 아니라고. 이게 비싼 거 먹여줬더니 저것한테 홀려서는. 그리고 너! 저분, 형제 먹을 때 얼마나 맛있게 먹었는지 알아?"

"그래, 주제에 맞지 않은 거 먹어서 탈 났다!"

종민이 칼을 휘둘렀다. 구영이 피했지만, 칼날이 종아리를 베었다. 악! 소리를 내지르며 구영이 물러났다. 종민은 힘껏 휘청이는 그의 다리를 걸었다. 육중한 몸이 넘어갔다. 쿵 하는 소리가 크게 들렸다. 목구멍으로 채 나오지 못한 신음이 짧게 이어졌다. 꽤 충격이 컸는지 구영은 일어나지 못했다.

이때다 싶어 종민은 구영에게로 몸을 날렸다. 구영이 다시금 칼날을 붙들었다. 시뻘건 얼굴로 종민을 올려다봤다.

"정신 차려. 넌 지금 저 괴물한테 홀린 거라고······."

손잡이를 붙들고 그의 가슴에 칼을 꽂기 위해 힘을 준 종민의 손이 부들부들 떨렸다.

"구영아, 저분한텐 우리가 괴물이야."

"그럼, 뭐? 너는 지금 친구를 죽이려 한다고!"

"알고 있어! 알고 있어."

자신은 홀리지 않았고 이건 자신이 내린 선택임을 종민은 구영에게 고백했다. 뚝뚝 떨어지는 피가 구영의 가슴을 적셨다. 친구의 가슴을.

— 구영이가 친구가 딱 한 명 있는데 제 삶의 구세주라고 칭찬을 그렇게 하더라고. 그 횟집에 데려가 거금 들여 사 먹인 것도 그게 고마워서일 텐데 네놈 새끼는 개 얼굴에 똥물을 뿌려?

자신을 보고 이기죽거리던 남자의 목소리가 떠올랐다. 구영은 언제나 종민에게 먼저 다가왔다. 처음 공부를 알려달라고 했을 때도, 방구석에서 비루한 인생을 곱씹을 때도. 붙든 칼끝이 떨렸다. 유일하게 자신을 고문관 새끼라고 욕하지 않았던 친구.

손에 힘이 풀렸다. 차마 친구를 죽일 수 없었다. 종민은 구영의 옆에 주저앉았다. 그리고 칼을 바닥에 버렸다.

"할 수 있을 거라고 생각했는데, 도저히 못 하겠어요. 처음으로 내가 해주고 싶었는데……."

여자가 다가왔다. 나약한 놈이라고 욕해도 어쩔 수가 없었다. 원래 그런 놈이니까 새삼스럽지도 않겠지. 하지만 그녀에게만큼은 좀 더 나은 놈이 되고 싶었다. 여자가 종민과 눈을 맞췄다.

"저의 힘이 여기까진가 보죠."

여자가 말했다.

종민이 눈을 깜박였다. 그 의미는 여자가 자신을 홀렸다는 걸까?

"아니, 그건 내 선택이었어. 그래요. 대신 나를 죽여요. 당신 복수하려고 했잖아. 그게 소원이었잖아요. 그러니 나를 죽여요. 나도 죄가 있으니까."

여자는 아무 말도 하지 않고 돌아섰다. 그리고 제발 자신을 죽여달라는 종민을 두고 문밖으로 나섰다.

|||||

인면어가 빌라에서 나오자 그 앞에 있던 운영과 국이 그 앞으로 다가갔다.

"옷가게 어르신께서 보내셨습니다. 안전한 곳으로 모시겠습니다."

인면어는 눈앞의 사람이 하는 말에 고개를 끄덕였다. 운영이 한쪽에 세운 청록색의 SUV 뒷문을 열었다. 인면어는 차에 오르다가 운영 옆에 선 국을 바라봤다.

"아까 여관에서 도와주신 분 맞죠?"

종민과 손을 잡고 도망칠 때 복도에서 본 남자였다. 범상치 않은 기운이라 반항하고픈 마음은 들지 않았다.

"어르신 부탁이었거든."

그러지 않았으면 도움을 주지 않았다는 말처럼 들렸다. 아무렴 어떤가. 차 문이 닫히고 운전석과 조수석에 운영과 국이 앉았다. 차는 부드럽게 움직였다. 창 너머 네온사인 아래 왁자하게 지나가는 사람들을 봤다. 인면어는 마냥 평화로운 그 모습을 보며 씁쓸한 미소를 지었다.

"마땅히 죽여야 옳다고 생각했었는데, 과연 그게 옳은 걸까요?"

인면어의 능력 중 하나는 사람을 홀릴 수 있다는 것이다. 그래서 사냥꾼들은 인면어를 사냥하면 눈부터 가렸다. 옛날에는 눈부터 파냈다고 하는데, 요즘엔 상품 가치가 떨어진다며 훼손하는 빈도는 낮아졌다. 그 덕이라고 해야 할까.

인면어는 기적적인 기회로 종민을 홀려서 살 수 있었는데 그는 상관없어 했다. 제 맘을 헤아려 친구인 사냥꾼 놈을 죽이려 할 때, 종민은 진심이었다. 인면어가 홀리지 않았음에도, 부탁하지 않았음에도.

처음엔 기꺼웠다. 자신의 복수를 종민이 대신해주니 말이다. 그러나 비록 형제를 죽이고 먹은 놈들이 원망스럽고 찢어발기고 싶은 마음이 들었지만, 서로를 죽이려는 그 모습에 절망감도 들었다.

"그런 고민을 한다는 건, 결국 그 마음이 간절했다는 말 아닐까요?"

인면어는 룸미러로 자신을 보는 운영의 눈을 쳐다봤다. 저 사람의 말이 맞았다. 종민의 진심을 알게 되니 그에게 자신의 복수를 떠넘긴 게 너무도 미안해졌다. 죽일 수 없다며 괴로워하는 모습에 마음이 아팠다. 바닥에 떨어진 칼을 보며 마음만 먹으면 저 칼을 쥐고 그 둘을 죽일 수 있다고 생각했다. 하지만 그러지 않은 건, 자신을 위한 종민의 진심 때문이었다. 결국 자기가 홀린 것으로 해서 종민이 마음의 짐을 내려놓을 수 있길 바랐다.

차는 장안문을 지나 화홍문으로 향했다. 신호에 걸려 차가 멈췄다.

"그래도 형제를 죽인 놈들을 용서한 제가 어떻게 혼자 편하게 살 수 있겠어요?"

"…예?"

인면어는 차 문을 열고 내렸다. 무작정 뛰었다. 어두운 밤이지만 가로등과 차들의 경광등, 건물의 네온사인으로 낮처럼 밝았다. 비가 오려는지 공기 중에 습기가 가득했고 흙냄새가 피어올랐다. 성벽을 따라 계속 뛰었다. 처음으로 혼자였다. 혼자임을 자각하는 순간 외로움에 울음이 치밀었다.

살아남았다 한들, 나는 과연 온전히 살아 있는 걸까?

|||||

갓길에 차를 세운 운영은 차에서 내려 방화수류정 쪽으로 달려가는 인면어를 바라봤다. 휘청거리며 내달리는 모습을 보니 절로 두 다리에 힘이 들어갔다.

"저리 보내도 될까요?"

"본능적으로 물가로 가니까 괜찮을 겁니다."

"아니, 내 말은 자책하게 내버려둬도……."

국은 사라지는 인면어를 다시 보다가 어깨를 으쓱였다.

"아마 그날을, 오늘을 곱씹을 테죠. 많은 가정을 해보고 생각에 생각을 거듭하고. 그건 우리가 어떻게 도와줄 수는 없겠군요."

"언제까지 그런 지옥보다 더한 일을 겪어야 하는 건가요? 내가 다 속상하네."

"한 가지 확실한 건, 어르신이 안전한 곳으로 모시라 했으니……."

국이 운영을 쳐다봤다.

"어딜 가든, 어디에 있든. 안전한 곳으로 만들 생각입니다만."

다시는 저런 비극이 일어나지 않게 하겠다는 말로 들렸다. 저승길 치안을 강화하겠다는 말에 운영은 고개를 끄덕였다.

"저도 돕고 싶어요."

"그럴 거라 생각했습니다."

인면어가, 아니 그 어떤 이도 불합리하게 사는 일이 없게 만드는 것도 중요하니까. 운영은 그것이 인면어를 위한 일이라고 생각했다.

부디 그러길 바랐다.

"그럼 이제 그 가게부터 부수러 가는 건가요? 인면어한테 제일 위험한 곳이잖아요!"

"그렇다고 무작정 부술 수는 없지요. 이쪽도 나름대로 규칙이……."

"또 그놈의 규칙 타령은. 석불님께서 조율하신 일을 그 사장님이 망친 거잖아요! 당장에 붙들어서 불지옥에 인계해야죠!"

"이승에도 법도가 있는데 어떻게 살아남으셨는지 모르겠군요."

국은 고개를 내저으며 차에 탔다. 운영도 그를 따라 차에

올랐다.

"저승에서의 일이 더 제 취향이더라고요. 착한 일을 하면 복을 받고 죄를 지었으면 벌을 받고! 단순하지만 억울한 건 별로 없잖아요. 뭐 이건 제 사견이라 더 겪어봐야겠지만요. 그래서 언제 가요? 나도 데려가요! 나도 부수는 건 도와줄 수 있어요! 가게 인테리어도 내 손으로 했는데 부수는 것쯤이야!"

"일단 집으로 갑시다."

국은 종알거리며 의지를 활활 불태우는 운영의 머리를 손수 앞으로 돌려주었다.

정말 못 말리겠다. 겪으면 겪을수록 별나다. 그녀의 할아버지보다 호기심이 더 많았고, 피곤하다며 일하기 싫다고 굴면서도 다른 이가 곤란해하면 두 팔을 걷어붙이고 도와줬다. 저승길의 결계를 깬 사람이라고 싫어하던 귀신 상인들도 이내 마음을 열고 운영을 대했다. 처음부터 그 성정이 보였기에 문, 목, 장천도 호의를 베풀었고. 그래서일까. 이번에도 운영이 바라는 대로 해줄 생각이다.

⸻

가을에 접어들어 이는 바람이 묵직해졌다. 청명한 하늘이 이어지자 용연을 찾아 다리 위를 오가는 사람이 많아졌다. 그들의 경쾌한 발소리가, 웅성거리다가 한 옥타브씩 튀는 웃음소리가, 다리 밑 하수관을 타고 들어왔다.

인면어는 그 안에서 몸을 웅크린 채로 있었다. 몸은 좁은 하수관에 있었으나 정신은 과거를 헤맸다. 형제와 함께 살았던 곳과 붙들려 팔려 간 횟집과 형제의 잔인한 죽음. 가슴을 후벼 파는 단말마 같은 비명이 매일같이 반복됐다. 행복하고 기뻐하는 인간의 소리 아래서 자신을 질책했다.

상처를 내는 건 언제나 쉬웠다. 그 끔찍한 과거에서 자신만이 살아남은 건 잘못된 일이었다. 살고 싶은 이 진득한 욕망이 저주 같았다. 그러니 살아 있는 동안 자신을 괴롭힐 수밖에.

"으아앙!"

어둠 속에서 아이의 울음이 들렸다. 인면어도 같이 울었다. 제 처지처럼 참으로 서글퍼서 엉엉 울다가, 그 울음이 영원히 이어질 것 같아서 고개를 들었다.

하수관의 거친 돌벽을 짚고서야 아직 사람 모습인 걸 깨닫는다. 옷이 낡아서 오래 안 갈 거라는 어르신의 말이 떠올랐다. 기억도 오래되면 사라질까? 자신이 겪은 일들이 기억에서 사라지길 바라는가? 차라리 너무 괴로워서 그럴 수만 있다면 그러고도 싶었다.

하수관을 따라 기어 나오니 그늘이 졌어도 눈이 부셨다. 다는 나오지 못하고 그 자리에 주저앉았다. 하수관 입구로 푸르게 흐르는 개천이 보였다. 이곳까지 움직인 게 얼마만인지. 그 와중에도 아이의 울음은 거셌다. 왜 사람이 있는 위에 있지 않고 다리 밑에 있을까? 오로지 혼자만이 외로움과 슬픔, 괴로움을 느끼고 싶었다. 타인의 아픔은 버거우니 치워버리고 싶었다.

"애! 그만! 그만 울어! 저리 가서 울든지!"

입구 밖으로 손을 뻗자 울던 아이가 훌쩍이더니 그 앞으로 다가왔다. 이쪽으로 올 줄은 몰랐기에 인면어는 후드를 눌러썼다.

"길을 잃었어요. 엄마, 엄마가 없어요."

"운다고 상황이 다 해결되진 않아. 그리고 그런 거는 밖으로 나가서 어른한테 얘기해!"

"언니는 어른 아니에요?"

'어른? 어른이면 나에게 도움을 요청한다는 말인가?' 아이의 눈물 젖은 눈을 봤다. '살려주세요.' 언젠가 종민에게 간절히 빌던 자신이 생각났다. 당황한 인면어는 손을 뻗어 밖을 가리켰다.

"저리로 가면 계단이 있으니 위로 올라가. 다리 위에서 사람들한테 길을 잃었다고 하면 도와줄 거야. 무시하는 이들이 있을지 몰라도 흔쾌히 도와주는 이들도 있을 거야."

그래, 종민처럼.

아이는 인면어의 하얀 손끝을 보더니, 그곳으로 발걸음을 옮겼다. 그러다가 잠시 주춤거리더니 허리 숙여 인사했다.

"고맙습니다."

연약하지만 단단한 목소리에 인면어는 손끝을 떨었다. 달려가는 발소리가 멀어졌다. 바람에 갈대가 쓸리는 소리가 들렸다. 그리고 천천히 이곳으로 걸어오는 익숙한 사람의 기척도. 인면어는 황급히 하수관 안으로 들어가려고 했다. 머뭇대던 남자가 입을 열었다.

"나예요. 놀라지 말아요. 그날 못한 말이 있어서. 바로 따라갔는데 어느 사람들과 차를 타고 가는 걸 보고 계속 쫓았어요. 다시 붙잡힌 줄 알고 제정신이 아니었어요. 그쪽이 차에서 내려 도망치는 걸 보며 안도했음에도 계속 쫓았어요. 이곳에 숨는 것까지 봤죠. 알아요. 찾아오면 안 된다는 것을. 하지만 계속 맘 졸일까 봐. 그 횟집은 없어졌어요. 처음부터 없었다고 하는데, 아니란 걸 우린 알고 있잖아요. 그 사냥꾼들도 없어졌대요. 구영이가 그들과 연락이 안 된다고 하더라고요. 그 녀석과 화해 같은 건 하지 않았어요. 그냥 서로 아무 일도 없던 것처럼 굴었어요. 그런데 얼마 뒤 구영이도 사라졌어요. 모든 걸 두고서요. 여동생이 있는데 연락이 안 된다고 해요. 그러면 안 되었을까요? 끄집어내고 잘잘못을 따져 물어야 했을까요? 그러면 지금 이 자리가 조금은 당당했을지도 몰라요. 어쩌면 이것도 제 위선일지도요. 그래도 꼭 말하고 싶어요. 미안합니다. 진심으로 미안합니다. 그러니 자책하지 마세요. 당신의 잘못 아닙니다. 모두 우리의 잘못입니다. 그러니 혼자 짊어지려 하지 마세요. 제발 부탁드립니다."

그렇게 말하는 목소리에 울음이 묻어났다. 쏴아아. 바람이 불자 개천 수면에 햇빛이 부서졌다. 떠들썩한 사람들의 소리가 서로의 침묵을 가렸다. 인면어는 하수관으로 사라졌다. 서럽게 울던 종민은 그곳을 향해 허리 숙여 인사했다.

제4장

미소 헤어살롱

성희는 머리를 하나로 묶으며 산티아고 데 콤포스텔라 커피 가게 밖으로 나왔다. 9월인데도 낮은 한여름같이 더웠다. 다행히 어둠이 내려앉을 때면 선선한 바람이 불어왔다. 성희는 주황빛 조명등이 켜진 뒷마당을 가로지르다가 대박 환전소 쑤 사장이 담배를 피우는 걸 보고 인사했다.

"알바생이라고 했던가?"

여상히 말하던 쑤 사장은 성희의 차림새를 보고 눈살을 찌푸렸다. 운동복 차림에 목에는 수건까지 걸고 있었다.

"요즘 밤마다 골목을 뛰어다니는 게 알바생이었어요?"

"찾을 사람, 아니, 귀신이 있어서요."

"내 미리 여 사장한테 알바생도 귀신을 본다고 듣긴 했지만. 이렇게 무모할 줄 몰랐네. 귀신을 찾아다닌다니."

"제 엄마거든요. 꼭 만나고 싶어서요. 혹시 빨간 우산을 쓴 귀신을 보시면 가게에 들러달라고 전해주시겠어요?"

성희는 어색하게 웃었다. 그 말에 쑤 사장은 당황했다. 저승길에서 엄마 귀신을 찾는다고? 그런 게 가능해? 죽으면 그만인 게 이승과 저승의 기본적인 규칙 아니었나? 어찌 되었건 자신이 타박하는 꼴이었다. 그렇다고 들어줄 마음도 없으니 쑤 사장은 마음을 다잡았다.

"내가 귀신이랑 대화할 일은 없을 거예요. 기대는 버려요!"

환전 일도 저승길 상인회 사람 대표인 여운영하고만 독대하기로 했다. 귀신과 얽히는 일은 되도록 사양하고 싶었다.

"네, 감사합니다. 그럼."

성희가 활짝 웃으며 인사했다.

"내 말은 거절이라고요. 감사할 필요가 없다고!"

"네에!"

뒷문을 나서는 성희의 뒤에다 대고 소리쳤다. 대답마저 쓸데없이 경쾌했다. 잠시 후 골목에 밝은 빛이 나더니 나비가 날아올랐다.

"어라, 나와 계셨네요. 커피 한 잔 드릴까요?"

가게에서 운영이 나왔다. 한 손엔 아이스 아메리카노가 든 유리컵을 든 채였다.

"밤에 커피 마시면 잠이 안 와요."

"네, 그렇죠. 제가 그러려고 마시는 거라."

흰 티에 검은색 반바지를 입은 운영은 야외용 의자에 앉았다. 끙 소리를 내며 의자 등받이에 기대는 운영의 모습에서 고향에 계실 아버지를 보았다.

"그쪽 알바생이 지금 귀신 찾으러 다니는 건 알고 있는 거죠?"

"어머니를 찾고 있다는 거요? 저희야 어머니가 이미 저승으로 떠났을 거라 생각하지만, 성희 씨는 계속 찾으러 다니더라고요. 어머니랑 마지막 인사도 못 했대요. 인사 정도야 뭐."

뭐 계속 함께하겠다는 것도 아니고 해서 운영은 그런 성희를 지켜보기만 할 뿐이다.

"너무 갑자기인데, 쑤 사장님은 어머니랑 사이가 괜찮으세요?"

"그다지 좋지도 나쁘지도 않아요. 워낙 어릴 때 헤어졌기 때문에."

"저도 그런데, 성희 씨를 보면 부모님께 잘못하고 있는 것 같아요."

가게를 준비할 때 본 이후로 자주는 아니지만, 운영은 가끔 엄마와 전화 통화했다. 꽤 오랫동안 데면데면했기에 살가운 통화는 아니었다. 그저 서로의 안위만을 확인하는 그런. 그래서 성희의 간절한 모습을 보면 자신은 엄마에게 그런 감정이 들 일이 있을까 싶었다. 그러질 않으니 괜히 자신이 이상한 자식 같았다. 피도 눈물도 없는 자식 같은.

"그만큼 간절하지 않으니까 그런 거죠. 그쪽 알바생은 엄마를 잃었고 다시는 보지 못하니 애타는 거지만, 운영 씨는 아직 겪지 않은 일이잖아요. 만약 잘못하고 있다고 생각되면 지금부터 잘하면 되고. 가끔 사람들은 쉬운 건데도 어렵게 생각하더라."

그렇게 말한 쑤 사장은 저승길을 돌아봤다. 가업이라지만 귀신을 상대하는 걸 질색했기에 돈을 벌겠다는 핑계로 한국에 왔다. 지금은 귀신을 상대로 환전소를 해서 돈을 버니 정해진 운명은 어쩔 수 없나 보다.

운영은 쑤 사장의 말을 곱씹다가 얼굴을 문질렀다. 맞는 말이고 지금이라도 잘해야겠다고 생각했다. 얽힌 실타래를 풀려면 실마리가 있어야 한다. 하지만 계기라니 어색했다. 일단 나중에 생각하기로 한다.

"저기, 많이 피곤해 보이는데 괜찮아요?"

"성희 씨가 알바로 와주셔서 많이 좋아졌어요. 사람들이 유입되니 귀신 상인들의 인식도 좋아지고 좀 더 잘 팔아보고 싶다면서 요즘 이승에서 유행하는 것들이 무언지 물어보는 분들도 계시고요. 저승인과 사람과의 분류를 확실히 나눠 운영하는 분들도 늘어났어요. 일일이 찾아뵙는 건 힘들어서 일주일에 두 번 정도 상인회에 모여서 회의도 해요. 오늘은 사람 고객들이 지켜야 할 에티켓을 가게 초입에 준비해 놓느라 정신이 없었어요. 아무래도 사람 대표는 저 혼자니까 체력적으로 많이 힘들어요."

"뭐가 많았네."

쑤 사장이 말했다.

커피를 무슨 퇴근 후 마시는 맥주처럼 들이킨 운영이 손등으로 입가를 닦았다.

"쑤 사장님도 저승길에 나들이 좀 다니세요. 그렇게 모은 노잣돈 어디다 써먹겠어요? 사장님은 즐겨도 된다니까. 아, 나들이 하니까 하는 말인데 가을이기도 하고 여기저기서 축제도 해서 귀신 상인분들이 야유회를 가자고 건의하셨거든요. 은근히 외부로 가고 싶어들 하셔서 장소를 찾고 있어요."

"나는 절대 안 가요!"

그렇게 말할 줄 알았다는 듯이 운영은 고개만 끄덕였다.

"어디로 가면 재밌을지 고민이에요. 가게 일들이 있고, 귀신들이라 어디서 묵기도 애매하니 당일치기여야 하고."

"그 많은 귀신이 결계 밖으로 나간다니 그분들이 잘도 허락해줬군요."

운영은 뻑뻑한 눈가를 문질렀다.

"한 명만 빼고 나머지 분들이 찬성인지라."

"그렇다면 가고 싶은 귀신들한테 물어봐야지요."

"하아아."

운영은 벌써부터 피곤해져 다시 시원한 커피를 들이켰다. 오독오독 얼음을 씹다가 다시금 한숨을 내쉰다.

"그렇게 힘들면 안 할 법도 한데, 왜 하는 거예요?"

쑤 사장의 질문에 운영은 이렇다 할 대답을 하지 못했다. 말들이 입에서만 맴돌 뿐 입 밖으로 나오지 않았다. 쑤 사장은 대답을 기다리지 않고 가게로 들어갔다. 운영은 우물거리다가 그냥 입을 다물었다.

|||||

미소 헤어살롱.

낡은 간판에 비해 이름은 세련된 미용실에 불이 들어왔다. 원장 오덕은 긴 머리카락을 틀어 올려 고정하고 스프레이를 잔뜩 뿌린 다음에 만족스러운 표정을 지었다. 긴 속눈썹을 나풀거리며 하나둘 모이는 손님들을 맞이했다. 푹신한 소파에 앉은 귀신들이 저마다 헤어 캡을 쓴 채로 커피를 마시거나 잡지를 보며 수다 떨었다.

"아이고 어르신 오셨어요?"

단아한 한복을 입은 문이 들어서자 오덕은 수선을 떨며 거울 앞 의자로 안내했다. 하나로 묶은 긴 백발을 풀며 오덕은 거울 속 문과 눈을 맞췄다.

"늘 하던 대로 두뇌 마사지 해드릴까요?"

"부탁하네. 요즘 불법 업자들 단속하느라 신경 좀 썼더니 머리가 묵직해."

오덕은 긴 손톱으로 문의 작은 머리통을 갈랐다. 작은 머리통에 비해 뇌는 크고 윤기가 흘렀다. 뇌 속으로 손을 집어넣고 천천히 주물렀다.

"아이고 이천 년 전 기억 구간이 경직됐네요."

"그런가? 아, 그때도 무자비한 흑도들이 세상을 어지럽혔거든. 지금과 비슷하다고 느꼈던가?"

"세상이야 언제나 어지럽잖습니까."

"그 혼돈을 바로 잡는 건 언제나 억압받는 이들이지. 그 억압의 길이 고되니 안타까울 뿐이야. 음, 역시 오덕 원장의 세심한 손길이 약이야. 한결 가볍고 명료해지는군. 색다른 헤어 관리로 사람들한테도 인기라며?"

"사람들은 예약으로 받고 있는데 오랜만에 관리하는 거라 공부 좀 했죠. 그래도 덕분에 입소문이 나서 꽤 쏠쏠하답니다."

오덕은 만면에 미소를 지으며 뇌를 주무르던 손을 뺐다. 그리고 손을 닦고는 선반에서 여러 상자 중 초록색 상자 하나를 골랐다. 그 안에 헤어 캡이 있었다.

"저승 칼날 숲에 부는 칼바람을 머금은 헤어 캡이에요. 청량한 선뜩함으로 뇌를 리프레시할 겁니다."

"응. 좋네."

오덕은 문의 뇌를 드러낸 채로 그 위에 헤어 캡을 씌웠다. 잠시 뒤, 헤어 캡 안에서 칼바람이 쉭쉭 불었다. 오덕이 문을 소파로 안내하고 차를 준비하겠다고 말할 때, 드르륵 하고 문이 열렸다.

키가 크고 체형이 마른 노인 귀신이 당당한 발걸음으로 들어왔다. 두 손을 허리에 올리고 주위를 쓱 보더니 말한다.

"여기 염색되죠?"

그리고는 거울 앞에 가서 앉았다. 하나로 묶어 비녀를 꽂은 머리를 내리니 잿빛 머리카락이 어깨까지 내려왔다. 깡마른 손가락으로 대충 빗어대던 노인이 고개를 돌려 오덕을 바라봤다.

"요즘 스타일로 하고 싶은데요?"

오덕은 당돌한 노인의 모습에 미소를 지으며 그 뒤에 섰다. 머리카락은 가늘어 숱이 없어 보였다. 망자라 해도 새로운 스타일을 원하거나 단정하길 바랐다. 그래서 미소 헤어살롱이 있는 거고.

"생각하는 스타일이나 염색하고 싶은 색이 있나요?"

"금색이요! 순도 구십구점구구구구 퍼센트의 황금처럼 쨍한 금색이요!"

"아……."

노인이 선택할 법한 색이 아닌지라 적잖이 당황한 오덕은 뒤를 돌아 단골들과 눈을 맞췄다. 어떻게 해야 할지를 눈으로 물어도 뭐 다들 뾰족한 답이 있을 리가. 주인장이 알아서 할 일이다. 오덕은 수백 년의 미용일 노하우로 당황한 표정을 지웠다.

싱긋 웃으며 입을 열었다.

"요즘 이승이나 저승은 젊어 보이는 블랙 컬러가 유행이거든요."

"제가 학생 같아서 안 해주시려고 하는 거죠? 이렇게 보여도 공장에 다니는 어엿한 이십 대랍니다. 그러니 해주셔도 돼요."

콧대를 높이며 자랑스럽게 말하는 노인의 얼굴을 들여다봤다. 자글자글한 주름에 축 처진 피부 위로 검버섯까지.

"아아, 이십 대에……."

오덕은 다시 뒤를 봤지만, 그들은 시선을 피했다. 생전에 치매에 걸린 이들이 죽어서도 종종 제 기억을 찾지 못하는 경우가 있었다.

"아, 뭐라 하지 않을 테니까 노란색으로 해주세요. 저 돈 있어요!"

뭐 손님이 원하시니, 하긴 할 건데.

"정말 뭐라고 하면 안 돼요."

그렇게 약속을 받아 내고, '나는 356년 경력의 미용 전문가니까!', 이왕 하는 거 눈이 부신 색으로 염색하기로 오덕은 다짐했다.

|||||

"아니 그렇다고 저렇게 금발로 염색하시면 어떡해요?"

쑤 사장의 조언대로 상인회 야유회 장소를 선정하려고 미소 헤어살롱에 온 운영은 문을 열자마자 마주한 금발의 할머니 귀신을 보고 깜짝 놀랐다. 오덕이 황급히 운영을 구석으로 데리고 가서 자초지종을 털어놨다.

"나라고 그러고 싶었겠어? 본인 의지가 얼마나 강했는데."

"치매 귀신이라면서요? 그런데 귀신인데도 치매가 지속되나요? 어쨌거나, 그건 본인 의지가 아니죠. 못 한다고 하셨어야죠."

"여 사장! 나 프로야 프로! 내 사전에 포기란 없어!"

눈살을 찌푸리던 운영이 그 말을 곱씹더니 단번에 인상을 푼다.

"그렇죠, 프로! 치매니까, 사장님이 뇌를 다듬어서 기억을 온전하게 고쳐놓으시면 되잖아요."

"어머 웬일이야. 여 사장, 존똑이다."

얼마 전 지나가는 여학생들이 하는 말을 귀담아들은 오덕은 그 뜻을 운영에게 물었었다. 나쁜 단어는 빼고 두루뭉술하게 '무척 똑똑하다'는 말임을 얘기해 준 이후로 오덕은 그 단어를 종종 사용했다.

"그거 칭찬 맞죠? 아무튼 야유회 어디로 가고 싶으신지 생각하시고 이번 회의 때 의견 말씀해 주세요. 여기 자세한 건 적어놨으니 참고하시고요. 저 가요."

모두에게 인사하고 운영은 가게를 나섰다. 그 뒷모습을 보며 오덕은 고개를 갸웃거렸다.

"싼티 사장 무슨 일이 있나? 어째 오늘 비루먹은 똥개처럼 기운이 하나도 없네."

"요즘 일이 많은지 바쁜 것 같더라고."

패션 잡지를 보던 문이 고개를 들어 열린 문 너머 골목길로 사라지는 운영을 바라봤다.

"아휴 본인 일도 바쁠 텐데 저승길 상인회 돕겠다고 저리 나서는 거 보면 고맙고 안쓰럽고 그러네요. 장천 님한테 보신에 도움 될 약 좀 지어달라고 해주세요. 저러다 반쪽이 되겠어."

"그러게. 그간 받아먹은 게 있으니 미리미리 챙겨주면 좀 좋아. 쯧쯧쯧. 꼭 말로 해야만 하니."

"아차, 내가 이럴 때가 아니지."

오덕은 의자에 앉아 꾸벅꾸벅 조는 노인의 뒤로 갔다.

"그, 이연자 씨, 내가 서비스를 해줄 테니까 계속 주무셔도 돼요."

염색할 때 노인은 제 이름부터 말하더니 미주알고주알 부모님과 형제들, 친구들 얘기까지 읊었다. 제법 재미가 있는 개인의 과거사였다. 이제 들쭉날쭉한 기억을 제대로 다듬어 온전한 인생을 기억하게끔 오덕의 능력을 발휘할 차례였다.

오덕이 손가락을 까딱이자 손톱이 자라났다. 날카로운 손톱으로 머리통을 가르고 빛을 잃은 뇌를 톡톡 두드렸다. 탄성 없이 늘어진 뇌를 보고는 서랍장으로 가서 스프레이와 에센스, 그리고 헤어 캡을 꺼내왔다. 먼저 스프레이로 뇌를 고정하고 부드럽게 만드는 영양 젤을 잔뜩 부었다. 녹진해지도록 마사지를 하고 불필요한 기억을 잘라내고 이어붙였다. 그리고 기억을 단단히 하고 연쇄적으로 과거부터 현재까지 기억나도록 하는 태초 엄마 냄새 헤어 캡을 씌웠다.

오랜만에 하는 중노동에 오덕은 티슈를 뽑아 얼굴에 맺힌 땀을 닦아내야 했다. 손이 여러 번 가고 자칫 실수라도 할까 봐 잔뜩 긴장하는 바람에 몸이 여기저기 쑤셨다. 손을 닦은 오덕은 소파에 털썩 앉았다.

"아휴 오늘 장사 다 했네."

"고생했어."

문이 어깨를 주무르는 오덕을 다독였다. 그때 졸고 있던 연자가 깨어났다. 잠이 아직 남은 눈이 느리게 깜박이다가 고개를 돌려 주위를 둘러봤다.

"아니, 여기는?"

"어째 기억이 좀 나요?"

"나는 죽었는데?"

"죽었지. 저승길에 있는 헤어 살롱이에요, 여기가."

다소 혼란스럽지만, 착착 기억이 나는지 연자는 한동안 아무 말 없이 지난 일들을 복기했다. 간혹 짧은 탄성을 뱉고 손등으로 눈물까지 찍어내던 연자가 불쑥 고개를 들었다.

"아이고 내 정신 좀 봐. 장타이거표! 나 그거 보러 가야 하는데."

그리고 일어나 주머니를 뒤적였다. 노잣돈이 든 주머니까지 싹 뒤지고 심지어 신발과 버선까지 벗어 그 안을 꼼꼼히 확인했다.

"뭐가 잘못된 게 아닌가?"

문의 질문에 오덕은 움찔했다.

"서, 설마요."

물론 치매인 귀신의 머릿속을 정리한 적은 없지만 자신은 프로였다! 별다른 실수는 없었는데. 잘라내고 이어 붙이는 데서 뭐가 잘못 됐나?

"왜 뭐가 잘못 됐어요?"

본인 입으로 물어보는 것도 전문가로서 수치스러웠지만, 정확한 문제를 빠르게 짚어내려면 단도직입적으로 묻는 게 나았다.

"트로트계의 아이돌 장타이거 콘서트에 가려고 표를 예매했는데 그게 없네요. 손녀가 할머니 장타이거 팬이니까 꼭 보내준다며 어렵사리 구해준 건데. 그걸 잃어버려 어째 쓸까."

"어차피 죽어서 가지도 못할 거……."

역시 자신의 능력이 변치 않았음을 알게 되자 오덕은 안도의 한숨을 내쉬면서 말했다. '별것도 아닌 걸로 괜히 놀라게 하고 있어.' 그러자 옆에 있던 문이 오덕의 옆구리를 찔렀다.

연자는 발까지 동동 구르며 안절부절 어쩔 줄 몰라 하면서 금방이라도 울 것 같았다.

"거기에 가기만을 손꼽아 기다렸는데. 우리 손녀가 같이 가주겠다고 했는데. 내가 그거 보고 죽을 거라고 했는데. 그러질 못해 천추의 한이……."

"그것참 안타깝긴 한데……."

문이 헛기침하며 오덕의 말을 막았다. 그 맞은편에 앉은 순이 엄마와 공주 이모도 오덕의 무신경함을 못마땅해했다. 아니, 다들 알 거 아는 귀신들이 갑자기 내외하는 것도 아니고 왜들 그러나?

"크흠. 그래서 그 장타이거가 누군데요?"

"젊은이가 사연이 많아요. 네 살 때 고아원 앞에 버려졌다는데 그 부모가 뭣도 남겨놓지 않았고, 애가 아는 단어라고는 호랑이밖에 없었대요. 그래서 원장님이 호범이라는 이름을 지어줬다지. 공부를 잘하는 것 같지 않아서 고등학교 졸업 후에 기술을 배우겠다고 도배를 배웠는데 목이랑 허리 디스크는 기본이고. 좋은 처자 만나서 결혼하겠다고 했는데 그 집 부모가 좋아해요? 반대해서 헤어졌다지. 그런데 마냥 좌절하지 않고 그걸 좋아하는 노래로 승화하는, 심금을 울리는 천상의 목소리라니까요! 장타이거 노래만 들으면 내가 가슴이 미어지고 돌아가신 울 엄마랑 아빠, 나보다 먼저 죽은 내 동생들이 보고 싶다니까요."

오덕은 팔짱을 낀 채 장타이거에 대한 열변을 토하는 연자를 바라봤다. 뭐라고 할까 봐 말은 하지 못했지만, 그 돌아가신 분들 기억을 선명하게 만들어준 게 지금은 자신이지 않은가!

쿡 하고 문이 오덕의 옆구리를 또 찔렀다.

"아, 나 아무 말도 안 했어요!"

"그 장트러블인지 장뭐시긴지 들어도 모르겠으니 좀 보여 줄 수 없겠나?"

"아휴 기다려 보세요. 내가 장타이거 보고 나서 할 말 한다."

오덕은 울먹이는 연자를 다시 의자에 앉혔다. 헤어 캡을 벗기자, 연자가 기함했다. 화려한 금발 때문인지, 뚜껑 열린 머리통 때문인지, 말도 나오지 않아 입만 벙긋거렸.

"나는 해달라는 대로 했고 무르지 않기로 한 거 기억나지요?"

그렇게 말하며 오덕은 뇌 속에 손을 집어넣어 더듬거리다 최근에 TV를 보던 연자의 기억을 떼어냈다. 그들이 바라보던 큰 거울에서 TV 화면처럼 기억이 재생됐다.

"꺄아아."

여성들의 힘찬 함성이 들리고 화면은 무대 위의 남자로 바뀌었다. 그는 단정하게 머리를 빗어 올리고 양복을 입었다. 또렷한 이목구비가 외국인 조각상 저리 가라였고 감미로운 목소리는 귀에 착착 감겨들었다. 감정에 북받친 듯 반짝이는 두 눈이 눈물을 머금었다.

"어머니!" 하고 외쳐 부를 땐 모두가 그의 어머니가 된 것처럼 가슴이 찡했다.

"흑!"

누군가의 울음소리가 들렸다. 소파에 앉아 있던 귀신들이 서로를 바라봤다. 감동은 했을지언정 서럽게 울 정도는 아니었다. 그들은 소리를 쫓아 시선을 옮겼다. 손에 얼굴을 묻은 오덕이 소리 내어 울고 있다.

"세상에, 너무, 너무, 멋지잖아!"

붉어진 두 눈은 점점 아련해지며 사라지는 장타이거를 쫓고 있었다. 오덕은 흐르는 눈물을 손끝으로 찍어내다가 휴지를 뽑아 다시금 얼굴을 묻었다.

"수백 년 전에 돌아가신 엄마가 절로 생각나네. 엄마아!"

"그래, 마지막으로 표를 둔 곳은 기억하는가? 아무래도 갑자기 일이 나서 온 가족이 생각 못 했을지도 몰라."

문이 연자에게 물었다.

"있다면 방 문갑에……."

연자는 자세히 기억이 안 나는지 말을 못 했다.

"세상에 그 중요한 걸 되살리지 못했나 봐. 이 등신 같은 손가락!"

코를 팽 풀던 오덕이 제 손을 노려봤다.

"그게 어디 가지 않았으면 집 안에 있겠지."

문이 다시 다독였다.

"그런데 그 표가 있더라도 지금 무슨 소용이겠어요?"

"어머 순이 엄마! 무슨 그런 김 빠지는 말을 해? 요즘 시대가 어떤 시대야? 여 사장이 저승길 상인회 데리고 이승으로 놀러 간다는 시대야! 그렇다면 허락만 있으면 연자 씨는 장타이거 콘서트에 갈 수 있다고! 그렇죠, 어르신?"

모두의 시선이 문에게 쏠렸다. 결계가 깨져 사람이 이승에서 저승으로 들어올 수는 있으나 귀신들이 이승으로 나가는 건 어려웠다. 결계 자리는 그 흔적만으로도 성역이기 때문이었다. 그러나 오덕의 말처럼 사천왕의 허락이라면 문을 열 수 있다.

인면어 때야 석불 어르신이 허락했기에 인면어와 종민이 이승으로 나갈 수 있었지만, 문은 고민했다. 장타이거를 보겠다고 결계의 문을 연다는 건 특정 귀신에게 특혜를 줬다는 빌미가 될 수 있었다.

"아주 잠깐은 괜찮지 않을까요? 장타이거잖아요! 고놈 목소리 좋던데."

오덕이 옆에서 부추기며 연자를 향해 손짓했다.

"아이고오, 살아생전 젊은 나이에 남편이 병으로 죽고 순대 팔아 삼 남매 다 키웠는데, 이제 살 만해지니 안 아픈 곳 없고 치매마저 걸리고. 장타이거 한번 본다는데 하늘도 무심하시지."

울먹거리며 읊어대는 연자의 말에 거기 있는 단골들이 안타까워했다. 다시 모두의 시선이 문에게 옮겨갔다.

|||||

부스럭부스럭. 황철은 작은 소음에 잠에서 깼다. 눈을 떠 몇 번 눈을 끔벅이고 나자 어둠 속에서 겨우 사물을 분간할 수 있었다. 높은 천장과 붙박이장, 딸깍딸깍 움직이는 시계의 시침. 그는 옆에서 고른 숨을 내쉬는 아내를 봤다. 곤히 자는 걸 보니 잠을 깨운 건, 아내가 가끔 내는 이 가는 소리가 아니었다.

'잘못 들었나?'

잠시 귀를 기울였으나 별다른 소리가 나지 않았다. 묵직한 눈꺼풀을 감으려는데 문밖에서 다시 부스럭거리는 소리가 났다. 아들과 딸은 분가하거나 자취한다며 나갔기에 집 안에는 아내와 자신뿐이다.

잠깐 아내를 깨울까 고민했다. 그러나 이내 혼자 행동하기로 했다. 정말 도둑이든 아니든 한 소리 들을 게 뻔했다. 도둑이라면, '남자가 아내보고 도둑 잡으라며 깨우는 거냐?' 아니라면, '단잠 자는 게 그렇게 꼴 보기 싫었냐?'일 것이다.

'그만 생각하기로 하자.'

황철은 자리에서 일어났다. 침대에서 내려와 슬리퍼를 신고 방문을 열었다. 간접 등에 그림자가 도드라진 거실의 모습이 드러났다. 거실로 나가 크게 한 바퀴를 돌며 귀를 기울였다. 서늘한 바람이 불어왔다. 베란다 문이 열려 있다. 어깨에 힘이 들어갔다.

'정말 도둑이?'

부스럭. 눈이 기민하게 소리 나는 쪽으로 움직였다. 복도 쪽 방에서였다. 그곳에 돌아가신 어머니의 방이 있다. 황철은 부엌에서 프라이팬을 챙겨 들고 그곳으로 조심스럽게 걸어갔다. 방문이 살짝 열려 있었다. 안으로 새어 들어간 거실 불빛에 서랍장을 뒤지는 이의 뒷모습이 보였다. 문을 좀 더 밀자 듬직한 몸체와 어깨까지 내려온 금발이…… 금발?

"너, 누구야?"

방 불을 켜며 떨리는 목소리로 물었다. 갑자기 밝아진 방 안에서 쪼그려 앉아 뭔가를 찾던 이가 벌떡 일어났다. 황철은 들고 있는 프라이팬을 꽉 쥐었다. 휙 도는 몸이, 흔들거리는 두 팔이, 쿵쿵 방바닥을 짓밟는 발걸음이 점점 그의 앞으로 다가왔다. 고개를 숙여 얼굴이 보이지 않았고 형광등 불빛에 빛나는 찬란한 금발이 도드라졌다.

"황철아."

앞에 딱 멈춘 여자가 이름을 불렀다. 그의 눈이 커졌다. 너무도 익숙한 목소리에 손이 부들부들 떨렸다.

"황철아!"

여자가 황철의 멱살을 움켜쥐며 고개를 번쩍 들었다.

"으아악!"

황철은 버럭 소리를 질렀다.

"무슨 일이야?"

황철이 감았던 눈을 뜨자 새벽빛이 스며든 안방 천장이 보였다. 옆에서 자던 아내가 덩달아 놀라 깼다. 그리고 눈만 멀뚱히 뜬 황철을 봤다.

"자기 울어? 악몽 꿨어?"

"꿈에……."

"꿈에?"

"금발……."

"금발? 아 숨넘어가겠어! 빨리 말해!"

"꿈에 엄마가 나왔는데 머리가 금발이었어!"

"…참으로 어머님답다. 생전에 금을 그렇게 좋아하시더니. 자기 자식 이름까지 황철이라고 지었으니 말 다 했지. 아, 어디가?"

황철은 너무나 생생한 꿈이 마음에 걸려 어머니 방으로 갔다. 문을 열고 차가운 거실 바닥을 밟으며 기묘한 기시감을 느꼈다. 그리고 방문을 열자, 뒤따라온 아내가 짧은 비명을 질렀다. 방 안이 온통 어질러져 있었다.

"도둑 들었나 봐! 어떻게? 경찰에 신고해야 하나?"

"자기 첫째 궁합 어디서 봤다고 했지?"

수선을 떠는 아내에게 황철이 물었다. 신고하겠다며 휴대폰을 찾던 아내가 인상을 찌푸렸다.

"갑자기 그게 무슨 소리야?"

"엄마가 돌아가시고 한 번도 꿈에 나타나지 않았는데, 드디어 나타나셔서는 금발, 아니, 원망스럽게 내 이름을 부르는데 무슨 일이 일어난 게 분명해!"

아내는 기가 차다는 표정을 지었다. 첫째 경산이가 결혼하겠다며 와서 궁합을 봤을 때도, 사돈과 혼인 날짜를 정해 택일단자가 들어올 때도, 풍수까지 따져가며 신혼집을 구할 때도 시큰둥하더니 자기 엄마 꿈 한 번에 무속인을 만나겠다고? 하이고야!

|||||

"그러게, 제가 열이 뻗쳐요, 안 뻗쳐요? 가뜩이나 갱년기라 약을 먹고 있는데, 먹어도 계속 열불이 나 죽겠어요."

강연은 아침부터 거의 쳐들어오다시피 한 부부를 마주하고 손끝으로 관자놀이를 눌렀다.

"자기가 돈 내나? 내가 내 돈 내고 울 엄마 괜찮은지 묻겠다는데 왜 열불을 내? 자기가 안 봐서 그래. 엄마가 얼굴이 마치 도깨비처럼 돼서 내 이름을 나지막하게 부르는데 그건 마치 내가 잘못했을 때 혼내기 일보 직전의……."

"자기 지금 내 얼굴 잘 봐봐. 도깨비같이 안 보여? 어? 어머님이 돌아가신지가 언젠데 혼날까 봐 벌벌 떨어?"

"돌아가셨어도 울 엄마는 영원히 내 맘속에 살아 있어! 자기 엄마 아니라고 막말하지?"

"두 눈 시퍼렇게 뜨고 살아 계신 장모님을 그렇게 생각해 봐! 엊그제 생신이었는데도 모른 채로 지나갔지?"

강연이 탁자를 쾅 하고 내리쳤다.

"아휴 양쪽에서 소리를 질러대며 말하니 정신이 하나도 없네! 조용!"

강연의 말에 부부는 입을 다물었다. 벽에 걸린 시계가 째깍째깍 소리를 냈다. 탁자 위에서 손가락을 튕기던 강연이 다시금 탁자를 두드렸다.

"아 참! 어머니도 좀! 조용히 해봐요!"

그 말에 부부가 서로를 바라봤다. 금발의, 그러니까 황철의 어머니인 연자가 강연의 옆에서 자꾸 말을 걸어왔다.

"나 몰래 나온 거라 빨리 들어가 봐야 한다니까? 시간이 없어요! 그러니까 어서 아들한테 물어봐. 어서! 근데 엄마가 머리를 금색으로 하든 똥색으로 하든 무섭다고 하는 자식새끼가 어딨어? 뭐어? 도깨비이?"

조용할 것 같지 않아 강연은 황철을 봤다.

"저기 어머님이 물어보시네."

"하이고 어머니. 뭔 미련이 있어 저승에 가지도 못하고 아직 여기에 계십니까아!"

강연의 말에 황철의 유난으로 치부하던 아내가 시어머니를 찾으며 울먹였다.

"엄마가 무엇을 묻습니까?"

"장타이거 콘서트 티켓? 그거 어디에 있나?"

"예?"

부부는 다시 서로의 얼굴을 바라봤다. 다시 째깍이는 시계 초침 소리가 이어졌다. 황철이 어렵사리 입을 열었다.

"아마 제 딸이 어머님께 드린 걸 말씀하시는 것 같은데, 그건 작년의 일이라서요."

"뭐, 뭐? 작년?"

연자의 얼굴이 더 창백해졌다. 기약했던 콘서트는 지나간 지 오래고 기억이 아직 온전치 못하다는 것도 충격이다.

"제가 지금 알아보겠습니다. 요즘 텔레비전에도 잘 나오고 콘서트도 할 테니 기필코 만날 수 있게……. 흑흑. 엄마 미안해. 내가 그게 엄마 평생 소원인지도 모르고 엄마 아프다는 핑계로 요양원에 둬서."

황철은 울음을 토해냈다. 연자는 그 앞에 주저앉았다.

"아이고 괜한 내 욕심에 자식 가슴에 대못을 박네, 그려."

|||||

미소 헤어살롱 문이 열리고 연자가 들어왔다. 서늘한 바람이 나뒹구는 낙엽을 끌어갔다. 오덕과 단골 귀신들이 활짝 웃으며 연자를 맞았다.

"그래, 어떻게 됐어요?"

"장타이거 콘서트 갔다 왔어요?"

순이 엄마의 질문에 연자가 작게 고개를 흔들었다.

"아니면 아직 멀었나? 내가 그날에 맞춰 다시 문을 열어주면……."

"날짜가 작년이었대요. 치매가 심해져서 못 갔대요."

연자는 어깨를 늘어트렸다. 그리고 소파에 힘없이 앉았다.

"다 내 죄지. 그거 보겠다고 어미 보내고 겨우 잘살고 있는 아들 속을 다시 긁어댔을까."

이렇게 엄마를 빈손으로 보낼 수 없다고 아이처럼 울어대는 아들을 떼어내고 저승길로 돌아오는 발걸음은 가시밭길 같았다. 뒤늦게 생각하니 아들은 엄마를 두 번이나 잃는 셈이었다.

"내, 내 잘못이에요. 꼼꼼하게 하지 못했나 봐. 프로답지 않게. 미안해요. 손님을 힘들게 했네."

오덕도 함께 울먹였다. 드르륵. 헤어 살롱 문이 열리고 여운영이 들어왔다. 표정이 한껏 굳어 있었다.

"제가 지금 아는 분께 들었는데, 망자님이 저승길을 이탈하셔서 이승으로 가셨다고요. 금발의 망자님이시라고 하시더라고요."

"미안하네, 여 사장. 내가 살짝 보내줬네."

문이 씁쓸하게 미소 지으며 인정했다. 오덕이 눈치를 보다가 운영을 구석으로 데리고 가서 어떤 일 때문에 그랬는지 차근차근 설명했다. 얘기를 다 듣고 난 운영은 돌아와 모두를 봤다.

"뭐 어르신이 하신 거니까 제가 뭐라고 할 입장은 아닌데, 저승길 상인회의 규칙이 있으니까요. 아직 정립되어가는 과정이라 조심해야 해서요."

모두는 고개를 끄덕였다. 하지만 표정은 시무룩했다.

'이왕 이렇게 경고 들을 거 콘서트 보고 왔으면 좀 좋아?'

괜히 불난 데 부채질한 것 같아 운영도 기분이 확 가라앉았다.

IIIII

"어! 여 사장!"

가게로 돌아가던 운영은 옆집 대문 앞에서 자신을 부르는 장천을 만났다. 장천이 허허 웃으며 다가왔다.

"안녕하세요."

"어어 노고가 참 많소! 눈 밑에 다크서클이 점점 진해지는 걸?"

장천이 눈가를 가리켰다.

"시간 좀 있으면 우리 집에서 피로에 좋은 약차를 마시지 않겠소?"

"피로만 없애준다면 독이라도 먹겠어요!"

앞장서는 장천을 따라가며 운영이 중얼거렸다.

"하하하. 그럼 쓰나! 보신에 좋은 환약도 디저트로 챙겨주겠소!"

"울 엄마가 사탕 준다는 아저씨 쫓아가지 말랬는데."

"하하하하."

장천이 초록 대문을 열었다. 단풍이든 담쟁이넝쿨이 벽에 매달려 바람에 흔들렸다.

"조심히 내 뒤로만 따라와요. 그, 넝쿨 보지도 말고."

우거진 이파리들이 파르르 흔들렸다. 바람이 불지 않는데도. 하얀 게 보여서 잎을 치우자, 다시 경고가 날아든다.

"만지지도 말고."

"에?"

손가락으로 쿡 찌르자 물컹거리는 느낌이 들더니 그 안에서 손이 쑥 나와 운영의 팔을 잡아당겼다.

"으악!"

순식간에 빨려 들어갈 뻔한 걸 장천이 반대 팔을 붙들어 꺼내줬다. 무 뽑듯 쑥 뽑아내자 그 팔에 대롱대롱 매달린 운영이 장천을 마주 봤다.

"저 어디 팔려 갈 뻔했죠?"

"도둑 들까 봐 키우기 시작한 건데 일을 너무 잘해서 탈이랄까."

장천이 운영을 조심히 내려놨다.

"넝쿨 사이로 사람 같은 게 자라고 있는데 괜찮은 거예요?"

"그래서 아무도 안 오려고 해."

"왜인지 잘 알겠네요."

뒤를 흘깃 보자 당겼던 손이 나와서 운영에게 손을 흔들었다. 입술을 삐죽이며 운영은 장천의 뒤를 바짝 쫓았다. 마당은 온통 푸르른 식물들로 가득했다. 커다란 화분으로 밭둑과 길을 나눴다. 그 중앙에 야외 테이블과 의자가 있었다.

"먼저 앉아 계시오."

장천이 현관문을 열고 집 안으로 들어갔다. 진한 약재 냄새가 풍겼다. 힐끗 보니 집 안에도 마른 식물들이 곳곳에 매달려 있었다. 운영은 마당 이곳저곳을 기웃거렸다. 식물에 문외한이라 뭐가 뭔지 몰랐다. 강아지풀 닮은 것도 있고, 민들레나 허브 닮은꼴도 있었다. 이곳의 특성상 이승에 흔한 것들은 아닐 테고.

작은 꽃잎을 틔운 식물에 손을 대자 집 안에서 장천이 소리쳤다.

"독초랑 약초랑 섞였으니 손대지 않는 게 좋소!"

운영은 손을 꼼지락거리며 주머니에 넣었다. 그리고 조심스럽게 의자에 앉았다. 아기자기한 찻잔 세트와 간식이 놓인 접시, 찻주전자를 들고 온 장천은 테이블 위에 그것들을 올려놨다.

뜨거운 찻물이 찻잔에 차올랐다. 초록빛이 감도는 약차가 운영의 앞에 놓였다.

"근데 왜 독초랑 약초랑 한데 심으셨나요? 대개 따로들 심지 않나요?"

"아무나 못 가져가게 수를 쓴 거라오."

"문 앞에도 그렇고, 도둑이 많이 드나 봐요."

후후 불어 찻물을 식히고 머금었다. 상쾌하고 씁쓸하다가 끝은 단맛이 났다. 긴장됐던 몸이 풀리는 느낌이 들었다. 마시지도 않은 술이 해장되는 속 풀림까지. 캬하! 장천도 한입 마시고 대답했다.

"아주 귀한 것들이 가득하거든. 생김새가 특정될 수 있어서 이름을 말할 수 없으나 죽은 자도 다시 살리는 꽃과 영생을 주는 것도 있고, 입만 대도 대대손손 찢기는 듯한 고통을 물려주는 것까지 있지. 가볍게는 변신초, 악귀 퇴치 씨앗도 있고. 나야 취미로 키우는 거지만 도둑들은 욕심으로 가져가는 거거든."

그 말에 운영은 이해가 되어 고개를 끄덕였다. 자신도 피로회복제 같은 약차와 몸에 힘을 불어넣어 준다는 디저트 환약을 노리고 들어온 셈이니.

"미국에 민트 커피가 유명하대요. 서울에는 고수 커피도 있다고 하니 저도 저승길에서 약초 커피를 개발할까 봐요. 이 힘을 주는 환약은 무슨 식물이에요? 잘 자라는 거예요?"

"아, 사실 보신하는 약을 여 사장한테 챙겨주라는 문 님의 말을 듣고 준비한 거라오. 아무거나 줄 수 있나? 이건 마천초라고 저승에 있는 습지에서 자생하는 건데 흔치 않소. 대신 다른 거로 내가 찾아보리다. 자, 어서 드시오."

"그런 깊은 뜻이. 그럼 거절하지 않겠습니다."

운영은 얼른 접시에 있는 환약을 집어 먹었다. 한입에 넣어 씹는 순간 입이 더는 움직이지 않았다. 급히 차를 마시고 힘겹게 씹어 넘겼다.

"으윽, 써!"

단순한 쓴맛을 넘어선 맛이었다.

"몸에 좋은 건 쓴 법이지."

허허허 하고 장천이 웃었다. 그가 빈 잔에 차를 더 따라줬다. 몇 번이고 마셔도 그 쓴맛이 지워지지 않았다. 운영은 눈물까지 찔끔 나 손등으로 닦아냈다.

쏴아아. 가을바람이 식물들을 쓸었다. 의자 등받이에 기댄 운영이 이리저리 나부끼는 이파리들을 멍하니 바라봤다.

"이곳에 커피숍을 오픈하기 전에, 제 인생이 잘못되었음을 깨달았거든요. 정말 갑자기 타인의 뒤통수를 보고 내 인생이 폭망했다고 느낀 거죠. 순간순간 선택을 잘해왔다고 했는데 그게 아니었죠. 그래서 잘 다니던 일도 관두고 할머니 집에 커피숍을 차린 거예요. 그것도 그 어떤 확신이 있어서 하는 게 아니었어요. 그냥 진정으로 무언가 하고픈 게 생기기 전에 하는 거라고 스스로를 달랬죠. 생각보다 괜찮았어요. 저승길을 발견하고 이웃인 분들과 친해졌잖아요. 그런데 앞으로도 막막하고, 지금 내가 하는 일이 정말 괜찮은지 모르겠는 거예요. 재밌는데 힘들고, 또 포기할까 봐 무섭기도 하고."

운영은 차를 마셨다. 어느새 식은 찻물에는 청량한 맛까지 있었다. 장천은 옆에 있는 화분에 손을 뻗어 이파리를 따 운영에게 건넸다. 초록색의 작은 이파리를 받아 냄새를 맡았다. 익숙한 상쾌한 향이다.

"민트라오. 소화에도 좋지만 복잡한 머리에도 좋지."

"그렇죠! 저기에 있는 허브, 민들레, 강아지풀 맞죠?"

"잡초 정리를 못 해서."

장천이 헛기침했다. 그리고 이어 말했다.

"내가 하고 싶은 말은 이것이오. 여 사장은 잘하고 있소이다. 인생에서 선택할 순간은 어마어마하게 많지. 그 선택이 인생을 좌지우지할 수도 있겠고. 그렇다고 인생 전체가 잘못된 건 아니오. 잘못되었다면 고치면 되고. 포기하고 싶으면 포기하시오. 다시 시작하면 되니. 자신의 내면에 귀 기울여 하고 싶은 걸 하시오. 누구나 맘속에 욕망 하나쯤 키우지 않소? 그리고 너무 잘하려고 힘 잔뜩 안 줘도 돼. 이 풀 중 효능이 대단한 것도, 그냥 잡초도 있지만, 비바람에 함께 나부끼는 건 똑같거든."

다시금 바람이 불었다. 장천의 말대로 이리저리 같은 방향으로 흔들리는 풀들을 보며 그 풀처럼 고개를 끄덕였다. 무슨 일이든 잘하려고 했다. 완벽하게 해서 남들에게 인정받고 싶었다. 두 번째 시도라 더욱더. 그리고 보니 실패해도 된다고 말해주던 목이도 떠올랐다. 힘들 때마다 이렇게 위로를 받는 것도 행운 같았다.

"고마워요."

열심히 하지 않아도 된다고 해줘서. 모든 게 괜찮을 거라고 해줘서.

운영은 자신도 이런 위로의 말을 타인에게 해주는 다정한 사람이 되겠다고 다짐했다.

‖‖‖

며칠 뒤 수원 화성 축제가 열려 거리는 화려해졌다. 행궁동 거리에 다채로운 조명등이 걸렸고 평소보다 많은 인파로 거리는 북적였으며 모두 들떠 보였다. 원두를 사 오던 운영은 신호에 걸려 차를 세웠다. 길을 건너는 이들의 발걸음이 가볍다. 그들을 따라 시선을 돌리다가 건너편에서 펄럭이는 현수막을 봤다.

치킨 거리 축제. 금요일, 토요일, 일요일 차량통제. 그리고 마이크를 든 남자의 익숙한 얼굴.

가게에 도착한 운영은 노트북을 켰다. 인터넷 검색으로 치킨 거리 축제에 대한 자세한 설명을 찾았다. 그걸 프린트한 운영은 미소 헤어살롱으로 달려갔다. 그 앞에서 저승으로 떠난다는 연자 망자님과 배웅하는 오덕 그리고 단골 귀신들을 만났다.

"잠, 잠깐만요!"

그새 정이 들었는지 그들은 헤어짐을 아쉬워하고 있었다. 그 사이를 비집고 들어가 그 앞에 종이를 내밀었다.

"우리 저승길 상인회 야유회 여기로 가요!"

내민 종이에는 '치킨 거리 축제, 초대 가수 장타이거'라고 적혀 있다.

"마침 이승도 축제하니까 딱이죠. 팔달산 단풍 구경하고 성곽 따라 투어! 저녁엔!"

"장타이거?"

"그럼 우리도 장타이거 볼 수 있는 거야?"

"그럼요!"

운영의 확신에 모두가 환호했다.

|||||

쑤 사장은 어두운 저승길을 걸으며 연신 뒤를 돌아봤다. 아무도 없는 곳에서 금방이라도 뭔가가 튀어나올까 봐 겁이

났다. 원래는 나올 생각이 없었는데 저승길도 좀 돌아보라는 여 사장의 말에도 일리가 있어서 용기를 냈다. 노잣돈을 쌓아놓기만 해서는 돈을 벌었다고 할 수가 없다. 이 돈을 쓰기도 해야 돈으로서 가치가 생기는 것일 테니까 말이다.

그 생각으로 과감하게 저승길로 나왔는데…….

쑤 사장은 등이 내걸린 가게 앞에서 서성거렸다. 차마 안으로 들어갈 수 없었다. 사람으로 보이는 이들이 식당으로 들어갔고 망자들은 저승 편의점에서 나왔다. 뭔가 저승길에 활력이 돌았다. 여 사장이 결계를 깨트리고 상생을 외친 후로 생긴 분위기였다. 인간 세상과 귀신 세상을 아우르는 중간지점이란 건가? 그러나 조금이라도 분열이 생긴다면 어떻게 될까?

이내 쑤 사장은 고개를 흔들어 그 생각을 지워버렸다. 아직 일어나지도 않은 일을 사서 고민하는 건 안 좋은 버릇이다. 그때 저편 골목길 끝에서 비도 오지 않는데 빨간 우산을 쓰고 지나가는 여자가 보였다. 무시하려고 하다가 여 사장네 알바생이 한 말이 생각났다. 우산 쓴 여자를 찾는다고 했지? 엄마라고.

거기까지 생각하니 마냥 무시할 수는 없었다. 쑤 사장은 그 여자를 쫓아 골목길 끝으로 갔다. 오른쪽에 골목의 끝자락을 휘도는 빨간 우산이 보였다. 그러다 이내 사라질까 봐

조급해져서 뛰기 시작했다. 그러나 아무리 달려도 꽁무니만 볼 뿐이었다. 숨이 턱 끝까지 차올랐고 땀이 났다. 근래 이렇게까지 달린 적이 있던가? 어쩌면 저 귀신에게 홀린 걸 수도 있었다. 그러니 그만해야 하는데.

"그렇게 힘들면 안 할 법도 한데, 왜 하는 거예요?"

얼마 전에 여 사장에게 물었던 질문이 생각났다. 대답을 듣지 않아도 알 것 같았다. 이렇듯 눈앞에 존재하는 것들을 모른 척하고 싶지 않은 것이다. 죽은 엄마를 찾아다니는 성희의 간절함을 알고, 도와달라고 하는 존재들에게 할 수 있는 한도에서 도움을 주고 싶은 그 마음이 자신의 마음속에도 있으니까.

쑨 사장은 계속 달렸다. 말 하나 전달하는 것쯤이야 그렇게 힘든 일이 아니지 않은가. 저 멀리 갈림길이 나왔다. 우산은 왼쪽으로 휘돌았고 오른쪽에서 운영이 나타났다. 손에 든 종이를 흐뭇하게 바라보던 운영이 쑨 사장을 보고 반갑게 손을 번쩍 들었다.

"어머 쑨 사장님 아니세요? 드디어 저승길에 나오신 거예요? 여기서 보니 두 배로 반갑습니다!"

"여 사장 저, 저 여자······."

너무 숨이 차서 말이 제대로 나오지 않았다. 쑨 사장은 손짓으로 우산을 든 여자를 가리켰다.

"네?"

"저 여자, 잡앗!"

영문을 몰라 하던 운영도 쑤 사장이 가리키는 곳을 보다가 달렸다. 그 여자가 누구인지 알아챈 듯했다.

"저기요, 어머니! 잠시만요!"

얼마 뛰지도 않았는데 운영은 벌써 지쳤는지 그 자리에서 우뚝 멈춰 섰다. 놀란 쑤 사장이 뭐 하냐고 물으려고 할 때 운영이 소리쳤다.

"성희 씨가 어머니를 애타게 찾고 있어요!"

멈칫. 잰걸음으로 앞으로 나아가던 여자가 마침내 멈췄다.

"내내 성희 씨가 저승길에서 어머니를 찾고 있는 거 알고 계셨죠? 그래서 피하셨던 거죠? 길을 알려주는 나비마저 어머니를 찾지 못했어요. 우리는 어머니가 삼도천을 건넜을 거라고 했지만, 성희 씨는 아니었어요. 분명 주위에 있을 거라고 믿었다고요. 이렇게 피하지만 마시고 제발 따님을 만나주세요."

여자가 돌아섰다.

"나는 딸과 만날 수 없어요. 딸 죽이려는 그런 놈을 아비랍시고 두게 했는데 미안해서 어떻게 만나요. 못난 엄마 때문에 죽을 뻔했는데, 그 죄를 어떻게 딸에게 고해요?"

"그러면 언제까지 성희 씨 주위에서 맴돌 건가요? 미안해서 볼 낯이 없다는 건 욕심이에요. 성희 씨는 제대로 마주 보고 마지막 인사로 어머니를 보낼 다짐을 한 거예요. 앞으로 나아가려는 그녀의 마음을 망치지 마세요."

운영은 단호하게 말했다. 그 말에 여자는 들고 있던 우산을 떨어트렸다. 두 손에 얼굴을 묻고 숨죽여 우는 여자를 쑤 사장은 말없이 바라봤다. 그리워하는 딸 앞에 나서지 못하고 피하는 그 심정을 헤아릴 수는 없었다. 그러나 사소한 거에도 일희일비하는 게 사람이다. 망자라고 다를까.

그나저나 매일 피로에 찌들어 죽은 동태 눈으로 돌아다니는 운영의 새로운 모습에 감탄했다. 이 여자가 이런 기세가 있다니! 역시 저승길 상인회의 사람 대표란 건가? 그러나 쑤 사장의 시선은 이내 잘게 떨리는 운영의 주먹 쥔 손에 닿았다. 피식 웃음이 나왔다. 쑤 사장은 운영의 어깨를 두드렸다.

"쇠뿔도 단김에 뽑으라고 했다고 빨리 갑시다. 참지 말자고요!"

|||||

치킨 거리 축제. 토요일. 작은 깃대를 들고 있던 운영은 깃대를 흔들었다.

"좌석이 준비되었지만, 앉지는 못하실 거예요. 장타이거의 인기가 상당해서…….."

 무대 앞 하얀 플라스틱 의자에 사람들이 앉아 있고 그 주위에도 많은 사람이 빙 에둘러서 있었다.

 "괜찮아. 우리 귀신들은 바로 코앞에서 보면 되거든."

 잔뜩 치장한 오덕이 바로 무대 앞 빈 공간으로 갔다. 그녀를 따라 다른 이들도 무대나 빈 공간을 찾아 앉았다. 목이는 위험하게 음향 장비 위에, 문은 사람들 머리 위에 고상히 앉았다. 하지만 운영은 귀신이 아니기에 그런 기교를 부릴 수 없다. 서 있는 사람들 뒤에서 뒤꿈치를 들고 폴짝폴짝 뛰어 빈자리를 찾았다.

 그때, 사람들이 어어 하더니 양쪽으로 비켜섰다. 장천의 얼굴이 불쑥 나왔다. 사람으로 변한 그가 밀어제친 것이다. 밀린 사람들이 인상을 찌푸렸다.

 "어이, 여 사장! 기다리고 있었다고!"

 순간 부끄러움은 운영의 몫이었다. 쭈뼛거리자 그 안에서 다른 손이 운영을 잡아끌었다. 국이었다. 그는 자기가 앉았던 자리에 운영을 앉혔다. 운영은 뒤에 선 국을 올려다봤다.

 "아니 언제 왔어요?"

 "아까요. 정당하게 앉은 자리니까 그만 부끄러워하고 즐겨요. 어찌나 경쟁력이 센지 하나 이상 맡으려다가 할멈들한테 혼쭐이 났습니다."

규칙은 규칙이니까. 국이 중얼거렸다. 팔달산을 올라갈 때부터 보이지 않더니 자리 맡으려고 일찍 왔다는 사실에 웃음이 터져 나왔다.

"고마워요."

"별말씀을. 덕분에 모두가 만족하는 야유회로군요."

무대 근처에 옹기종기 앉은 저승길 상인회 귀신들의 표정을 봐도 알 수 있었다. 맨 앞줄에서 강연이 이쪽을 보고 손을 흔들어 아는 체했다. 그 옆엔 연자 망자님의 아들 부부가 있었다. 그리고 그 앞에 아들을 끌어안는 연자 망자님이.

"이것이야말로 장타이거를 중심으로 한 필연일지도요."

일을 관두고, 행궁동 할머니 집을 커피숍으로 만들고, 담을 부숴 저승길을 뚫어 사천왕과 귀신 상인들을 만난 것도.

"응?"

시선이 치킨집 2층 통유리창으로 향했다. 그곳에 성희와 그녀의 엄마가 있었다. 쑤 사장도 함께였는데, 성희 혼자 말하는 듯 보일까 봐 동석한 모양이다.

'언제나 느끼지만, 쑤 사장은 츤데레라니까. 그나저나 장타이거를 저렇게 보는 방법도 있다니!'

"앗! 너무해! 나도 치맥!"

"집중하세요. 이제 곧 시작하겠네요."

국이 운영의 어깨를 두드렸다. 그 말대로 사회자가 무대 위로 올라왔다. 운영은 고개를 들어 국을 봤다.

"있잖아요. 이 모든 게 운명 같지 않아요? 아무리 생각해도 장타이거를 보려고 필연들이 이 자리에 다 모였잖아요. 작은 세계평화 같달까?"

여운영은 제가 만든 이 상황에 감격해하고 있었다. 팔짱을 낀 상태로 국은 어깨를 으쓱였다.

"무슨 말인지는 모르겠으나, 그 평화가 오래 가도록 노력해야겠군요."

"우오오!"

사회자의 힘찬 소개에 장타이거가 무대 위로 올라왔다. 여기저기서 함성 소리가 났다. 앞을 보던 운영이 국을 올려다봤다. 그녀가 손짓하자 국은 허리를 숙여 귀를 기울였다.

"그렇다면 돌아가서 첫 번째 규칙으로 만들어요! 우리 저승길 상인회는 세계평화를 목표로 한다!"

가끔 여운영은 재미난 말을 했다. 그럴 때마다 국은 속절없이 웃었다. 그러다 웃었다는 걸 깨닫고는 입술을 꾹 다물었는데 그건 그것대로 이상한 마음이었다. 국은 사람들의 면면을 바라봤다. 모두의 얼굴에 웃음꽃이 만발했다. 어쩌면 그들은 지금 이 순간을 위해 살아왔는지도 몰랐다. 그렇다면 앞으로 또 어떤 일을 향해 나아갈지, 지난한 생을 살던 국은 그 미래가 너무도 기대된다는 걸 깨달았다.

장타이거가 노래를 시작했다. 모두의 시선이 그를 향했다. 운영은 얼른 핸드폰으로 동영상을 찍기 시작했다. 노래가 끝나고 환호와 박수가 이어지는 와중에 운영은 그 동영상을 엄마에게 보냈다. 그리고 그 밑에 문자를 남겼다.
"엄마도 장타이거 좋아해?"

－완－

작가의 말

　호러 작가이다 보니 어떠한 형태의 죽음이든, 그 이후에 대한 생각을 많이 합니다. 학구적은 아니고 철학적이지도 않습니다. 그저 죽음 이후에 우리는 어디로 갈 것인가. 삼도천을 건너 천국과 지옥, 환생의 길을 향해 갈까? 망자가 가는 길에 쓰라고 노잣돈을 주는데 망자는 어디서, 어떻게 노잣돈을 사용할까도 궁금했습니다. 저승에도 그들만의 세계가 있다면 그곳에서도 치열하지만 익숙한, 욕심과 욕망이 존재하지 않을까요?

　저는 수원에서 태어나 수원과 함께 자랐으며 추억들 대부분은 수원에 있습니다. 그 힙하다는 행궁동의 골목길을 거닐때면 길을 잃을 것 같았고 밤에 느끼는 길목의 고요함은 낮

과는 다르게 을씨년스러웠습니다. 그때 저승길이 떠올랐습니다. 행궁동에 면한 저승길과 이승과의 결계가 모종의 이유로 깨지고 그 상점들에 사람이 온다면? 이런 이야기를 쓰면 참 재밌겠다고 생각했습니다.

하지만 마냥 욕심과 욕망이 난무한 이야기, 노잣돈이라도 많이 벌어 횡재한다든가 팔자를 편다든가 하는 얘기는 현실에서도 많이 일어나는 이야기이고, 죽어서도 돈 때문에 쪼들리는 이야기는 하고 싶지 않았습니다. 그냥 서로 도우면서 모두가 성장해 가는 게 '짱' 아니겠습니까.

"그렇게 힘들면 안 할 법도 한데, 왜 하는 거예요?"
얼마 전에 여 사장에게 물었던 질문이 생각났다. 대답을 듣지 않아도 알 것 같았다. 이렇듯 눈앞에 존재하는 것들을 모른 척하고 싶지 않은 것이다. 죽은 엄마를 찾아다니는 성희의 간절함을 알고, 도와달라고 하는 존재들에게 할 수 있는 한도에서 도움을 주고 싶은 그 마음이 자신의 마음속에도 있으니까.

– 본문 중에서

이 글은 작년에 기획했으나, 혹독한 겨울을 지날 때 썼습니다. 저는 그때 많은 것들을 보고 배웠습니다. 서로에게 나

뉘주는 따스한 온기와 마음을 담은 그런 글을 쓰게 되어 얼마나 다행인지 모릅니다. 여러분 매일 감사합니다. 매일 행복하시길 바랍니다.